しのごの
いわず
ヤッちまえ。

本書は、この退屈な時代に異を唱え、社会のレールからドロップアウトした、高橋歩と北里洋平による共著だ。

PROLOGUE

この本を手にとってくれたみんなは、
1950年代から1960年代にかけて
アメリカで起きた初めての文学運動
「ビート・ジェネレーション（Beat Generation）」を
知っているだろうか？

第二次世界大戦後、アメリカが急激に経済成長するなかで、
社会が与えるレールに乗らず、物質への執着を手放し、
誰の目も気にせず、自分たちの人生を生きたいように生きる。
当時の、豊かであるゆえに保守的だったアメリカの体制に
「言葉」で異を唱える。

サンフランシスコやニューヨークの
詩人や作家を中心に生まれたこの文学運動は、
カフェやバーでのポエトリーリーディングなど、
文学的なアプローチでメッセージやアンチテーゼを
発信していった。

音楽業界にも多大な影響を与え、
ボブ・ディランの独創的なスタイルや、
その後のロックミュージック、
そして1970年代に誕生する
ヒップホップ文化をも生むことになる。

そんな「ビート・ジェネレーション」が巻き起こす
ムーヴメントの中心となったのが、
サンフランシスコのノースビーチに今もある、
伝説の書店 CITY LIGHTS BOOKSTORE と
VESUVIO CAFE だった。

CITY LIGHTS BOOKSTORE は、ただの書店ではなく、
「ビート・ジェネレーション」を牽引した作家たちの作品を
世に放った出版社でもあり、
ポエトリーリーディングの聖地にもなった伝説の場所。
そしてその向かいには VESUVIO CAFE。
CITY LIGHTS BOOKSTORE から『路上』を出版した
ジャック・ケルアックなどの「ビート・ジェネレーション」の
作家たちや、女性初の本格ロック・シンガー、
ジャニス・ジョプリン、数々のアーティストが常連だった
飲食店だ。

若者たちが世の中に異を唱え、
声を大にして想いを詩や唄にしてメッセージする。
LOUD MINORITY。
その誕生は、CITY LIGHTS BOOKSTORE と
VESUVIO CAFE があったからこそだ。

実は日本でも、同じムーヴメントが起こっていた。

BEAT GENERATION NEO
in JAPAN.

高橋歩と北里洋平。
年齢こそ違えど、奇しくも同じ時代に、何も持たないまま
自分の出版社とアジト（飲食店）を立ち上げた２人は、
日本で数々のトレンドをつくりムーヴメントを巻き起こした。

出版業界における数々のベストセラーを創出し、
また、沖縄での自給自足の村ビーチロックビレッジ、
東日本大震災における２万人を超えるガテン系ボランティア活動、
現在日本におけるシーシャ（水タバコ）の大流行など、
様々なトレンドが２人を起点として生まれた。

そんな俺ら２人のいくつかのエピソードをピックアップし、
自ら紐解いてみたら、やっぱり俺らはバカだった。

諦めかけていた自分の夢に一歩踏み出すバカさを、
今、まさしくモニョモニョしているみんなに届けたい。

ヤッちまえ。

INDEX

PROLOGUE - 4

AJITO 14
【飲食店開業編】

AYUMU TAKAHASHI - 22 「無一文から立ち上げる自分の店」

YOHEI KITAZATO - 42 「日本シーシャ屋まみれ化計画」

BOOK 62
【出版社創業編】

AYUMU TAKAHASHI - 70 「無名だけど自伝でベストセラー」

YOHEI KITAZATO - 94 「自伝家に俺はなる！」

MARRIAGE 【結婚・子育て編】 116

AYUMU TAKAHASHI - 126 「愛する人と自由な人生を」

YOHEI KITAZATO - 140 「愛する人と許し合う人生を」

MACHU PICCHU 166 【マチュピチュ出店編】

YOHEI KITAZATO - 176 「意味すらも不明な夢を描く」

AYUMU TAKAHASHI - 194 「夢は終わらない」

EPILOGUE に代えて - 212

AJITO

自由であり続けるために、
俺らは夢でメシを喰う。

金無し、コネ無し、経験無し。
それでも夢は叶う。
【飲食店開業編】

自分の店を OPEN し、爆裂させよう。

旅する人は、みんな、
旅人と呼ばれるが、
旅をしながら、
新しいものを生み出せる人々を、
BOHEMIANと呼ぶ。

そして、
BOHEMIANと呼ばれる人々は、
必ず、素敵な
「AJITO」を持っている…。

それは、自由を愛する人々の集まる空間である。

それは、生産性など意識しない無駄な空間である。

それは、オトナの秘密基地である。

それは、冒険者たちのサロンである。

それは、天使と悪魔のパーティースペースである。

それは、最高のライブラリーである。

それは、最高のシアターである。

それは、最高のスタジオである。

それは、化学反応が最高のファクトリーである。

それは、旅人たちのクロスロードである。

AJITO?

WHY DO YOU

常にルールに縛られないため、
スモールな思考に陥らないため、
大事なことを見つめる時間を確保するため、
大自然から多くのことを感じるため、
大自然に抱かれ溶けてしまうため、
離れた場所から違う角度で物事を見つめるため、
新しい誰か、新しい誰かの生活に出逢うため、
ゆっくりした時間を感じるため、
ホンモノであり続けるため、
シンプルなホントのことを思い出すため、
透明に自分をクリーンアップするため、
ワイルドチャイルドであり続けるため、
どこか浮き世離れしている感覚を持ち続けるため、
仲間と新しい作戦を練るため、
時間を超えるため、

NEED AJITO ?

ホテルでは味わえない、異国でのマイスペース感を味わうため、
自分を旅し続けるため、
おいしいコーヒーを飲むため、
おいしいビールを飲むため、
おいしい料理を食べるため、
おいしいシーシャを吸うため、
最高のソフトをクリエイトするため、
家族との楽しい時間を過ごすため、
様々なアイデンティティーを持つため、
自分の生命力を確かめるため、
生物として生きるため、
動物や魚などを研究するため、
素敵な写真を撮るため、
1人になるため、
冒険を続けるため、
サーフィンをやりまくるため、
釣りをしまくるため、
ゆっくり本を読むため、
誰かを招待して楽しんでもらうため、
狩猟のベースキャンプにするため、
気持ちのいい時間をたくさん過ごすため、
幸福な時間をたくさん過ごすため、
そして、自由であり続けるため、自分であり続けるため…。

俺は、「AJITO」を欲している。

AJITO

「無一文から立ち上げる自分の店」

すべてのきっかけは、20歳の夏に観た、1本の映画だった。

トム・クルーズ主演の『カクテル』。

これが、オレの人生を変えた。

ひとり暮らしの汚いアパートの部屋で、震えた。
心が踊り狂った。魂が舞った。

興奮しまくって、飼い猫の「元気」とふたりで、
無意味に、クルクル回り続けた。

もう、理屈もなにもなく。
ただ、脳みそがスパーク！して、
じっとしていられなくなった。

オレも、
バーテンダーになって、
自分の店を持つ！

吉牛＆和民ラバーだったオレとしては、
今まで、一度も、バーなんて行ったことないし。
カクテルも飲んだことなかったけど。

さっそく、駅の近くで、
かっこいいバーを見つけて、バイト開始。

だが、しかし。

実際に始まったバイトの日々は、
バーテンダーどころか、プリテンダー。
お酒にすら、まったく触らせてもらえずに、
ひたすら、掃除＆皿洗いちゃんデイズ。

このままじゃ、いつまで経っても、
トム・クルーズになれない。

そう想ったので、オレは、
カクテル本を買い漁り、
自宅にカクテルセットを買い揃えて、
ひとりバーテン修業を始めた。

貧乏人の味方＆蟻地獄、アコムで金を借りて、
短期集中系のバーテンダースクールにも通い始めた。

1日21時間体制！
3時間だけ寝かしてください！

「イチローより、頑張ってるか？」

を合い言葉に、起きているすべての時間を、
すげぇバーテンダーになるために、注いだ。

現場での体感はキープしたかったので、バイトは続けつつ。
その他の時間は、受験勉強もびっくりの気合いで、
酒の知識を詰め込んだり、レシピの暗記に燃えたり、
シェイカーやグラスの動きを
何度も何度も身体に覚えさせたり、
実際に、彼女にお客の役を
やってもらって、
自宅バーをやり続けた。

欲求と環境が、
バシッと100%
フィットすると、
人間は、
ビビるほどに
成長する。

２〜３ヶ月後には、オレは、バイトの店で、
先輩バーテンダーに追いつき、
バーテンダーの仕事をさせてもらえるようになった。

そしたら、やっぱり、めっちゃ楽しかった！

バーテンダーって、素晴らしい！ 面白い！
シャウトしながら、さらに、成長を追い求めた。

心からリスペクトできるバーテン師匠との出逢いもあり、
お酒についてはもちろん、バーカウンター内での
細かい動き、音楽の活かし方、お客さんとの楽しみ方など、
バーに関する深い世界を学んだ。

そして、１年も経たないうちに、準備は終わった。

オレは、バーテンダーとしてやっていける。
やっぱり、自分で好き放題やれる、自分の店を持ちたい。

そんな気持ちが、抑えられなくなっていた。

そのタイミングで、仲間ができた。

ほとんど行っていない大学で出逢った、タメ年の3人。

安い酒を飲みながら、日々、語り続けるうちに。
オレひとりの夢は、4人の夢になった。

4人で、共同経営しよう!
開店のための資金も、利益も赤字も、すべて対等の責任で!
すげぇ店、始めよう!

それだけ決めて、4人で、オレたちの店を出すために。
物件探しを始めた。

不動産屋を回ったり、先輩や友達に頼んだりしたけど、
立地がよくて、家賃が安くて、かっこいい店なんて、
まったくみつからなかった。

駅から徒歩30分のオバケ屋敷みたいな店。
汚い＆臭い＆気持ち悪いの
３Ｋが揃った元スナックだった店。
怪しげな場末のラブホテルの１室を改造した謎の空間…。
オレたちの希望する家賃だと、そんなのばっかりだった。

さすがに、無理かなぁ。
現実は甘くねぇな…。

そう、イジけ始めた頃、
風が吹いた。

「高橋クン、この店、やってみないか？」

オレのバイトしていたバーが、オーナーの都合で、
急遽、閉店することになり。
次のオーナーを募集するという情報が、飛び込んできた！

オレのバイトしていた店は、めっちゃかっこよかったし、
まさか、こんなすごい店を、１店目からやれると想わなかった
から。

やります！ 即答。

「必要な開業資金は、
もろもろ含めて、600万円」

えっ？ 60万じゃなくて？

「入金を待てる期間は、１ヶ月間。
ダメだったら、一般に募集するから」

えっ？ １年じゃなくて？

マジ、デビル…。

でも、絶対、ここでやりたい！

こんなチャンスは、きっと、もうない。

仲間も、みんな、気持ちは同じだった。

ここでやったら、マジ、夢が叶う！
この胸のときめきが来たら、GO でしょ！

わっしょい！

オレたちは
無一文だけど、無限大！
オレたちは無力だけど、無敵！

やったろうぜ！

オレたちは、やります！ の返事をして、
ダッシュで、資金集めを始めた。

まずは、すべての持ち物を売った。
宝物であるバイク、ギター、ステレオ、CD…。
飼い猫の元気（雑種）も売ろうとしたけど、当然、売れなかった。

次に、高額バイトに燃えた。
人間モルモット（いわゆる治験）に応募して、
発売前の薬の実験台として、身を売った。
マグロ漁船、死体洗い、ポキポキ等、ウワサの素敵な
高額バイトは、資金集めの期間が1ヶ月しかなかったので、
間に合わなかった！
カイジのエスポワールで、限定ジャンケンやりたかった！

〆切も近づいてきたし、あとは、最終手段。
今回の人生で出逢った人すべてに、
お金を貸してください！って、頭を下げるのみ！

これは、ぶっちゃけ、辛かった。
熱く語れば語るほど、いろいろ心配されたり、冷たくされたり。
気持ちでは応援してくれる友達もいたけど、
まだ、みんな20歳前後だから、お金自体を持ってなかったし。

必要な開店の費用は、4人で600万円＝ひとり150万円。

このままじゃ、まったく、届きそうもなくて。

4人とも、さすがに、心が折れかけていた。

その時、雑談から、ナイスアイデアが出現！

「お金貸して」の電話を、
ひとりでかけてると、死にたくなるから、
4人で集まって、励まし合いながらやらない？
ワイワイ系で、テンション上げて、部活みたいにさ。

お金借りる部、緊急結成！

この部活、世界初じゃね？

オレたちは、さっそく、アパートの部屋に4人で集まり、
それぞれが卒業アルバムを持ち寄り、

真ん中に電話を置いた。

そして、励まし合いながら、作戦会議をしながら、
ひとりひとり、順番で電話をかけることにした。

んじゃ、オレいくわ！

頑張って！ ファイト！

電話をして、借りれた時は。

よっしゃ！ ナイスキー！ もう一本！
今のトーク、オレもマネしていい？
OK！OK！ どんどんいこう！

借りれなかった時は。

ドンマイ、ドンマイ！

おまえは、間違ってない！

元気出していこうぜ！

さらに、借りれないことが続いて、ドンヨリしてきた時は、
原点に戻って、『カクテル』の映画でも観て、元気を出す。
それでもダメなら、今日は、飲み行こうか？

無理矢理、元気を振り絞りながら続けた、お金借りる部。

でも、これが、大当たりだった。

トークの内容は、ひとりの時とほぼ同じだし、
特に大きく変わったこともなく、理由はわからないけど。

仲間で励まし合いながら、元気を出してやったら、
なぜか、急に、貸してくれる人が増えていった。

やっぱ、そういうものなのかもね。
気持ちや空気って、伝わるんだ、きっと。

元気があれば、なんでもできる！
猪木さんの言葉が、ずっしりと、身に染みる体験だった。

ラストのラスト、本当に〆切ギリギリだったけど。

オレたちは、なんとか、600万円を集め終えて、
支払いを済ませることができた。

こんなオレたちを信じて、お金を貸してくれた人には、
感謝しかなくて。

あらためて、心が震えたし、身が引き締まった。

そして、雪が降りそうな、ロマンチックな夜に。

オレたちの店が、オープンした。

OLD AMERICAN BAR
ROCKWELL'S
～ COCKTAIL & DREAMS ～

夢は、叶う。

でも、店ってさ、本当は、オープンしてからが勝負なのよ。
オレたちは、知らなかったけど。

ハッピーオーラ満載でオープンしたにもかかわらず、
まったく、お客さんが来なくて、驚いた。

ゴミはゴミでも燃えるゴミ！

とか言いながら、
熱い気持ちはあったけど、現実、ただの素人集団だし、
なかなか売上も上がらず、借金も返せずに、ビビってた。

当然、何度も、何度も、
これ、オレたちには、無理じゃね？
やっぱ、世の中って、そんなに甘くないよな。
ブルーな空気になって、挫折しそうになったこともあった。

でも、それでやめてちゃ、男、いや、漢じゃないでしょ。

オレたちはバカだから、いっぱい失敗するのはしょうがない。
ただ、うまくいくまでやれば、いつか、必ずうまくいくんだから、
無理矢理でもテンション上げて、頑張ろうぜ！ うりゃー！

シャウトしながら、なんとか、粘り抜いた感じだった。

最初は、ボロボロだったけど、
失敗を連発しながらも、億転び兆起き！ のテンションで歩き続け、
なんとなくだけど、コツみたいなものをつかみ始めたら、

爆発するのは早かった。

お客さんが溢れ始め、仲間も増えて、
約２年後、オレたちの店は、４店舗にまで増えた。

同時に、世間の目も、ワンエイティー！ 180 度転換！
冷たかった人も、バカにしてた人も、
あいつらはオレが育てた、って言いながら、
みんな応援団に変わった。

オレは、やりたいことをしながら、
楽しく生きていけるようになった。

誰だよ！
好きなことでメシを喰っていけるのは特別な人だけだ、
なんて言ったの！
こんな凡人プータローのオレにでもできるじゃん！

YES！ I CAN FLY！

そんな喜びが胸に溢れ、生まれて初めて、
自信みたいなものを感じられた気がした。

最初の店を出してから、ずいぶん経つけど、
今も、愛変わらず。

気のあう仲間たちと、
世界中の気に入った場所に、気に入った空間を創っている。

西麻布、福島、ニューヨーク、ハワイ島、ジャマイカ、バリ島、
インド、マチュピチュ、サハラ砂漠、クロアチア etc.

レストラン、カフェ、ゲストハウス、学校、アート工房 etc.

世界中を旅しながら、
場所も、スタイルも、
自由に、気ままに。

これからも、死ぬまで。
素敵なアジトを創って、
楽しんでいこうと想ってる。

KEEP ON ROCKIN' !

ENJOY BOHEMIAN WORLD !

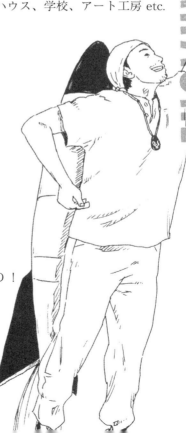

夢は逃げない。
逃げるのはいつも自分だ。

自分にとっての秘密基地となる、
アジトが必要だ。
そう気づいたのは24歳の頃だった。

生きていて、人生を変えてしまうほどの
大きな決断をする時とは、どういう時間に生まれるのだろうか。
それは、仲間と酒を飲みながら夢を語り合う夜。
衝撃的な出来事や発見の余韻覚めやらぬなか、
気づけば1人迎える朝。

そんな時に人は、少なくとも俺は、
新しい夢に挑戦すると決める。
胸はときめき、想像は広がり続け、
ワクワクが自分自身を満たしていく。
そんな瞬間を迎える場所は、どこでもいいわけじゃない。

人生を懸けることになる夢の妄想真っ最中に、
「すみません、もう閉店なので…」と店員に言われ、
そそくさと店を出る。
意を決して仲間に向かって夢を叶える宣言をしている最中に、
「すみません、もう少しお静かにお話しください…」
などと遮られる。
そんな場所では興醒めがすぎるし100年の恋も冷め、
叶うものも叶わない気がする。

だから男なら、いや、男ならずとも、
自分にとってのアジトが、絶対に必要だ。
1軒、できれば2軒、できればもっと。

マイカーやマイホームなんかを買うよりも、
自分のアジトを手にする方が、よっぽど大切だということに、
会社員時代に気づけたのはラッキーだった。

仲間とお金を出し合い、東京は恵比寿の駅前で、新築の
デザイナーズ物件を借り、無許可で（そもそも許可が必要な
ことも知らなかったが）、会員制のラウンジをオープンした。

なんの文句も言われず、仲間たちと好きなだけ語り、妄想し、泣き、笑い、時に吐いてはまた飲む、最高の場所。

アジトを手にしたということが、
すべてのスタートだったのかもしれない。
俺はそこで「自分の本を創って出版する」という、
人生を変えるほどの決断をした。
そして、そこに集った仲間たちと七転八倒の末、
初の著書『若きサムライ、その声を聞け』を出版した。
ひとつめの大きな夢を叶えた瞬間だった。

夢を叶え続ける男たるもの、次は「店」という形態のアジトが
必要だ！ そう決意したのは、本の魅力にとりつかれ、子どもが
生まれたことを機に「真面目に生きる」べく会社員を辞め
独立し、出版社を立ち上げ、2年半が経ってからのことだった。

その頃、俺は編集者として一冊の本を創るべく、
俳優の窪塚洋介とエジプトを放浪していた。
その道中に、現地発祥の文化である、シーシャと出会ったのだ。
ある朝、俺が前夜に到着したホテルから出ると、
目の前にカフェやレストランが並んでいて、
そこには中東系の人たちが集まり、
怪しげな器材を使って口から爆煙を吐き出していた。

そんな中東系の人たちに混じって、
誰よりもかっこよくシーシャを吸っていたのが窪塚洋介だった。
「洋平。これ、シーシャっていうんだって。おいしいから
吸ってみなよ」
ニヤリと笑う窪塚洋介。
マフィアのドンが見たこともないドラッグを勧めているよう
だった。
怪しいなぁ～、と思いながらも好奇心には勝てず、
恐る恐るトライした。
タバコも吸わない俺にとっては、自分の口からゴジラのように
煙が出てくること自体が新鮮で楽しかった。
「なんだこれ?? 面白いな！」

俺は、その秘密に魅了された。

窪塚洋介の本を創るためのエジプト旅行。
遺跡を巡る細かな日程。
まだ当初の目的も果たしていないのに、
かつ旅の序盤にもかかわらず、俺はシーシャを知った次の日に
窪塚洋介にカメラを渡し、「ここからピラミッドとかの遺跡は
自分で回って、自分で写真を撮ってください。
俺は、シーシャを探す旅に出ます」そう言った。
取材をすべて本人に任せる。それは、出版社の編集としては
最低な職務放棄。それでも窪塚洋介は笑って言った。
「いいよ。毎日、夜の食事で落ち合って、
お互いの旅の報告会をしよう」
窪塚洋介の器のデカさはピラミッド以上だった。
そして、俺はエジプトで思う存分シーシャを探求することが
できたのだ。

その後、俺たちは、車でナイル川沿いを旅しながら、
途中大小数々の村を訪ねていった。
どこに行ってもシーシャ屋があちらこちらにあった。
そして、働き盛りの男たちが昼夜問わず、
いつでもシーシャ屋に集い談笑している。

「この人たちは、いつ仕事をしているのだろう？」
そんな疑問を抱くのと同時に、現地の人たちのライフスタイル
にも興味を持った。

多くのエジプト人は、仕事や食事の前後にシーシャを
吸いながら2時間程度、仲間との会話を楽しんだり、
1人でチルい時間を過ごしていた。
経済的にそこまで裕福ではない国ではあったが、人々は
無駄という贅沢な時間を日々のルーティンに取り入れている。
日本で会社員経験がある俺にとって、タバコ休憩といえば
喫煙者が仕事の合間にそそくさとヤニ部屋に行き5分ほど
タバコを吸って仕事に戻るイメージがある。
それに比べてエジプト人の生活の豊かさたるや。

シーシャを知れば知るほど、
「シーシャを吸いながら夢を語れたら、仕事ができたら、
打ち合わせができたら最高じゃねーか!」
という気持ちが高まっていった。

帰国後すぐ、俺はシーシャの店をオープンした。
当時、日本ではまったく流行っていなかった。
「シーシャ? 何それ? 怪しいの? 薬物?」
シーシャとアヘンが入り混じるほど認知度が低かったのだ。
俺は認知度を度外視し、北里という自分の名前を冠とした、
NORTH VILLAGE という名前の会社を設立し、心の底から
欲していた、最高のアジト、シーシャの店をつくると決めた。

ひとつだけ自分なりに確信していたのが、
まず店をつくるうえで、自分が「この店最高!」と思えなければ、
お客さんからの賛同は得られない。

だから、費用対効果だのなんだのを考えぬまま、飲食業界
ド素人の俺なりに、自分の欲しい要素をすべてぶっ込んだ。
埼玉のとある場所で、金もないのに40坪はある広々とした
路面店を借りた。
しかも、道ゆく人から中が丸見えの、羞恥プレイのような
全面ガラス張り仕立て。

陳列したのは、いくつもの旅で発見し集め続けた、
ガラクタという名の宝物。
モノを創るうえで一番興奮する、自分の自伝や
人生のお師匠さんでもある最高の著者たちとの本。
飲みながら夢を語り合うためのバーカウンター。
シーシャを吸うのに最高なソファがあるラウンジコーナー。

最高じゃん。

最高な店は手に入れたが、金はなかった。
家賃のために売れるものはなんでも売ろうと決め、熊谷の山で
100匹以上のカブトムシやクワガタを捕ってきた。もちろん
虫籠に入れたが、時には放し飼い状態になることもあった。
スタッフを雇うお金もなかったので、カカシよりはいいだろう
と、等身大のエルビス・プレスリーやビートルズのフルメンバー
のフィギュアを置き、賑やかな店内に仕上げた。
夜に店の前を歩く人たちが突然ガラス越しにプレスリーに
気づいて叫び出すほど驚くことは、想像もしてなかったけれど。

オープンして初めて来てくれたお客さんのことは、
今でも鮮明に覚えている。
長身、ロン毛で髭モジャ、ワイルドな外国人のようないでたち
の男性が、店のドアを開けて入ってきた。(後に知ったのだが、
そのお客さんは実は蜷川幸雄の舞台に常連で出演する、大人気
俳優の横田栄司だった。横田さんは蜷川幸雄の舞台だけでなく、
ウチの店の常連にもなってくれた)

「いらっしゃいませ!」と気合いたっぷりに挨拶する俺。
近所に住み、たまたま通りがかっただけの横田さんはポカンと
していた。驚きを隠せない表情で、一言呟いた。
「……ここ、なんの店……??」と。

何も考えず勢いだけでオープンしていた俺は、
その質問に即答できなかった。
そして、俺はあらためて店を見渡した。
ん? これはなんの店だ? ガラクタ屋?
等身大フィギュア屋? カブトムシ屋? バー?
シーシャ屋?? なんなんだ、ここは?
頭の中では、メリーゴーランドのようにガラクタや
フィギュアたちがクルクルと回っていたが、それも一瞬。
俺は、その時の思いつきをはっきりと言葉にした。

「遊べて飲める
水タバコカフェ
NORTH VILLAGE
BOOKS &
ADVENTUREです！」

プランもクソもない、
そんな無謀なスタートを切った俺のアジト。
開店前に想像していた、
「明日から満員で入れなくなったらどうしよう」
という俺の微かな希望は砕け散り、大苦戦の日々だった。
新婚夫婦が寝る前にする、「おやすみ！ チュッ！」
というルーティン（家庭による）のように、月末1週間前に
なると、店のスタッフから同じセリフが発せられる。
「今月もめちゃくちゃ赤です。
月末の家賃、どう考えても全然足りません。どうしましょう？」

なぜか。俺には、思い当たる節があった。例えばフード。
なんの知識もなく、自分の好きなものを食べたいからと
フードを出していた俺。
その頃俺がハマっていたのは、
近所の肉屋さんにある黒毛和牛のローストビーフ。
それをご飯に乗っけて、たまり醤油につけた玉ねぎと
青ネギをトッピングにして、黒毛和牛丼と称して食べていた。
俺は気に入ったらとことん続ける。大袈裟じゃなく毎日。
そしてスタッフがその味のトリコとなるのも自然な流れ
だった。
大切なのは値段だ。俺は熟考し、ある結論に達した。
「こんなに美味いんだから、
それを800円で食べられたら最高じゃない？」
「それは最高ですよ！ 安くて美味い！ 絶対売れますよ！」
ただ、そこにはひとつだけ誤算があった。

黒毛和牛丼一杯分に使う肉の仕入れ値が 800 円なのだ。
そこに玉ねぎと青ネギを添えて、当然ご飯も盛るから、
売れば売るほど赤字が膨らむという悲しい事実。

赤字の理由は他にもあった。
40 坪の俺の店の家賃はそれなりにした。なにせガラス張りの
デザイナーズ物件だ。ガラスの向こうが見えないほどモノが
溢れてその片鱗しか残っていなかったとしても。
そんな家賃に対して、1 日の平均客数が約 5 人から 10 人。
しかもそのうち 5 人は、毎日のように来てくれる、近所に住む
5 人の常連さん。そりゃ赤字だ。不思議でもなんでもない。

もちろん、赤字が続けば店は立ち行かなくなる。
借金もお腹いっぱいになるまでしていた。
だから月々のラスト 1 週間は、俺が海外国内問わず旅して
見つけ買ってきた商品（骨董品、中古品、カブトムシ、クワガタ、
海外産ガラクタ等）を店に陳列させ必死で売った。
「ウチには乳飲み子が 3 匹もいるんです！」という
謎のキラーワードを駆使しまくった。

BMW の自転車、2 台セットで 60 万円。売るモノがなければ
店のモニターで使っている 65 インチのテレビを取り外し、
70 万円。売れるものはなんでも売った。
毎年倍々に増やす予定だったカブトムシたちも
近所の小学生に叩き売った。
あとは何を売るか、を考えるのが、月末の恒例行事だった。

記念すべき NORTH VILLAGE の１店舗目は、
俺にとっての船であり、俺はその船長。
ただ、航海している海は悪天候で大荒波だった。
それでも俺の気持ちは、いつも順風満帆だった。
「お金が足りなければ、店で何か売ればいいだけなんだから、
そんな難しい問題じゃないよね」
「まぁ、洋平がそう言うのであれば…」とスタッフも納得。

オープンから半年が経った。お店にいるのはルーティン化した
常連さん５人と、カブトムシやクワガタを買いにくる近所の
小学生のみ。その小学生たちも、シーシャ屋と知ったお母さん
たちから「あの店には近寄っちゃダメ！」と、至極当たり前の
お達しが出たらしく、寄りつかなくなってきた。

そんな最悪な経営状況ではあったが、NORTH VILLAGE 号の
船長である俺は、悩むことなく、ひとつの決断をした。
隣の駅に、強気の２店舗目をオープン。
ポーカーで言えば、アンダー・ザ・ガン（一番初めにアクション
する不利なポジション）から、72 オフスーツ（最弱）で
スティール目的のヤケクソ・オールイン、といったところだろうか。
「ピンチはチャンスなんだぜ」と自分に言い聞かせ続けた、
攻めに攻めた自分の経営判断。
しかし、やはりピンチというのはピンチであり、
チャンスなどには変化せず、その第二形態はただの大ピンチ
であるということを身をもって学ぶことになった。

ある日、たまたま手に入れた
ドクター・中松のジャンピングシューズに
テンションが上がった俺は、
スタッフたちとジャンピングシューズを履いて、
店の周りで真夜中の鬼ごっこをすることにした。
今思えば、毎月の金欠状態でストレスが
溜まっていた…ことにして許されたいが
それも無理な話で。
ジャンピングシューズでの鬼ごっこは
楽しすぎ、そして騒ぎすぎた結果、
近所の人に通報され、さらに警察から大家に
連絡がいってしまった。
実は、通報や苦情がオープンしてから
数ヶ月で3度目だったらしく（覚えてなかった）、
「出ていってくれ」と言われてしまったのだ。
悪いことは重なるもので、隣の駅に出していた店も、
ビルの建て壊しが決まり退去してくれ、と。

頭が真っ白になるほどの悲劇。
でも飲みの場で語れば喜劇。

これはもう語り継ぐしかない。
初めての店をつくったあとのオチとして、俺はいつもこう語った。
「マジ最悪でさ。ドクター・中松のジャンピングシューズで
店を踏んだら潰れたんだよ」

「やっぱり渋谷だよな！」

悲劇と喜劇を経験したあと、俺は心機一転、
リベンジとして渋谷に出店することにした。
埼玉での2店舗の経験、主に反省から、
次こそは勝ちにいくと心に誓った。

実は、「やっぱり渋谷！」と豪語した俺には勝算があった。
当時、ほとんどの人がシーシャというものを知らなかったが、
例えば何も知らない友達3人を呼んでシーシャを吸って
もらったとする。
しっかりとシーシャの魅力、楽しみ方を伝えると、その後、
少なくとも1人はシーシャにどっぷりとハマる実感があった。
約33%だ。

初めに出店した埼玉の店では、近所に友達もおらず、
また新規来店者も少なかった。
しかし若者が集う渋谷では、いくらでもチャンスがあるはず。
まず自分の店を満卓にする。
その人たちの33%が常連になってくれれば、
ムーヴメントが起き、半年も経たず店は繁盛するはず。
シーシャが渋谷のトレンドとなる。
これが俺の、勝算しかないプランだった。
NORTE VILLAGE 渋谷1号店をオープンした俺は、
さっそくそのプランを実践した。
開店時間になると、もう1人のスタッフと共に、

友人知人に電話をかけまくった。
俺らはそれをテレアポと呼んでいた。
10人を呼べる目処が立つまで連続コールの毎日。
来てくれた友達には、エジプトでシーシャを見つけた話、
日々のルーティンにシーシャを取り入れることで人生が豊かに
なる話、などを全力で語った。33％を必死で積み重ねた。

半年後、店は爆裂した。椅子に座りきれなくてもお客さんを入れ、
「立ちシーシャ」「ソファの背もたれに座るシーシャ」
「便所前地べたシーシャ」なる、
飲食業界にとって革新的なシステムも発動させた。
売上も想像以上を叩き出すようになった。
ただ、そんなことだけでは今は亡き埼玉の2店舗は
浮かばれない。
俺はトレンドをつくるんだ！

「日本シーシャ屋まみれ化計画！」

そう意気込むものの、どうやって？
俺の計画はこうだ。
まずは渋谷をシーシャの街にするべく、渋谷に店を出しまくる。
渋谷に来ればシーシャ屋が選び放題という状況をつくる。
それから他の街にも出店していこう。
いずれは世界へ！ 夢は膨らむ。
それを叶えるために俺はあらゆることをした。
気づけば、いつのまにか渋谷だけで
8店舗を数えるようになった。

ムーヴメントは、起こるべくして起きた。日本全国に、
空前のシーシャブームが吹き荒れた。いつかの荒波は、
NORTH VILLAGE 号が飛べるほどに追い風となっていた。

渋谷の中心である宇田川町と道玄坂においては、
セブン - イレブン、吉野家、マクドナルド、スターバックスよりも
NORTH VILLAGE が多くなった。
俺は完全に調子に乗っていた。
飲食では避けられがちな雑居ビルの空中階に新店を出しても、
２年間は看板すら出さなかった。なぜなら、自社の店内で、
お客さんたちに情報を流すだけで、オープン初日から満卓に
なるからだ。
自分の店が満席すぎて、俺自身が座れないという異常現象を
受け、俺はさらに出店を重ねた。
犬も歩けば棒に当たる、ならぬ、俺が歩けば店が増える。

縄張りを広げる犬が
電柱に小便をかけるがごとく、
俺は店を増やし続けた。

他社によるシーシャ屋の出店ラッシュも始まり、
今となっては、日本がシーシャ屋まみれとなっている。
「日本シーシャ屋まみれ化計画」の実現だ。

そして、NORTH VILLAGE の店舗数は
シーシャ業界世界一となり、「世界へ！」の言葉通り、
海外にも店舗を展開し、オープンした店は 30 を超えている。

振り返れば、俺が握りしめていたのは、
自分が納得できる、たったひとつの勝算だけ。

「自分が心から好きになったもの、その魅力を本気で伝え続け、他人が共感すれば、いずれそれが流行となる」

それだけあればよかったんだ。
俺が 24 歳で手にすると夢見た
アジトは、
業界一のアジトとなった。

これが、初めての出店に
悔しい想いをした俺なりの、
飲食業界への一石の投じ方。
めでたし、めでたし。

どうにもならないことは
Que Será, Será.
行きあたりバッチリ。

挑み残しのない人生を。

BOOK

自由であり続けるために、
俺らは夢でメシを喰う。

金無し、コネ無し、知名度無し。

＃それでも夢は叶う。

【出版社創業編】

自分の出版社を立ち上げ、
ベストセラーを出版しよう。

BOOK

人は誰でも、
「自分」という人生の表現者だ。
映画を撮れなくても、
音楽の才能がなくても、
テレビに出られなくても、
特別な才能なんてなくても、
「自分の本」を創ることで
オリジナルの表現ができる。

そして、生き方をシフトすれば、
人生はこんなに気軽で楽しく、
めちゃくちゃ面白い。
1日1日が、
ドキドキとワクワクの連続になる。

「自分の本」とは、
自分の分身である。
自分にしか創れない本である。
自分の生きた足跡である。
自分と無限大の仲間を繋ぐ
夢の架け橋である。
自分伝説の第一歩である。
自分自身がルールブックである。
そして、いつだって自由である。

WHY I MAKE

自分を探すために、
自分を変えるために、
自分自身のかっこよさを磨くために、
自分の世界を表現するために、
新しい自分を創るために、
新しい世界に出会うために、
新しい夢を創るために、
新しい仲間と出会うために、
読者という最高の仲間を得るために、
有名になるために、
莫大な大金を稼ぐために、
就職しないで生きるために、
他人に使われず、自分勝手に生きるために、
自分を取り巻くあらゆる環境から独立するために、
好きな場所で自分らしく暮らすために、
自分のやりたいことを、
そのまま自分の仕事にするために、

"MY" BOOK

自由であり続けるために、
自分であり続けるために、
かっこよく、オリジナルに生きるために、
過去を振り返らず、今を生きるために、
ゼロからスタートするために、
2度とない人生を生きるために、
今、好きなことをする自由を手に入れるために、
毎日を冒険のように生きるために、
バカだけど真っ正直に生きるために、
感動の道を歩くために、

俺は、本を創る。

20歳から始めたバーが、4店舗に増えて、軌道に乗ってきた頃。

23歳の夏のある日。

津田沼パルコにある本屋さんの自伝コーナーで、
いきなり、心が吠えた！

オレも、自伝、出したい！

キューリー夫人、野口英世、高橋歩（オレ）、アインシュタイン…
とか並んでたら、神じゃね？

しかも23歳の無名のオレが自伝出しちゃって、
それがベストセラーになったらミラクルじゃね？

うんうん、面白いよ、それ！
無名なのに自伝出すとか、めっちゃ掟破り！

よっしゃ！ やるか！

オレは、友達のマサキとふたりで、
パルコの隣にあるサイゼリヤで、ペペロンチーノを食いながら、
自伝の出版を決めた。

え〜と、本って、どうやって出すんだろうな。

1995年頃の話で、まだ、インターネットもない時代だったので、
オレたちは、片っ端から本を読んで調べた。

その結果、本を出すための手段はふたつ。

①○○新人賞など、
出版社の主催するコンテストで賞を取る。

うん、まず無理。却下。
小学校の作文以来、文なんて書いたことないし、
漢字も苦手だし、ワープロも持ってない＆打てないレベルだし。

②出版社に企画書を提出して、採用される。

もち、これも無理。
企画書とか、そういうお洒落なものは、
まったくわけわかんないし。
創れる気もしない。

うーん、そうなると、ふたつともダメだね。

いきなり、NO FUTURE。

どうしよっか？

サイゼリヤのパワーが味方したのか？
オレの中に、奇跡のひらめきが！

出版社に認められるのが
無理なんだったらさ。
自分たちで出版社、
やっちゃえばいいんじゃね？

そうすれば、やり放題じゃね？
そうだよ、いいねぇ。シンプルじゃん。

よっしゃ！
やっちゃおう！ 出版社！

出版社名、どうしよっか？
大好きな熱い漫画から、そのまま！
サンクチュアリ出版だ！
YES！

伝説となる出版社、
サイゼリヤ出版ならぬ、
サンクチュアリ出版が生まれた。

まずは、仲間を集めよう！
仲間募集のチラシ創って、いろいろ貼ろうぜ！
GO！GO！

熱い仲間募集！

給料5万円（売れたら爆裂）
365日24時間勤務（倒れたら休憩）
仕事内容　出版系（詳しくは相談で）

サンクチュアリ出版
連絡先　　社長　高橋歩
○○○-○○○○-○○○○

こんな感じのしょうもないチラシを創って、
知り合いの店や電柱やそのへんの壁に貼りまくった。

こんなので、誰か、応募して来るかね？

来るんじゃね？

オレたちは、期待して、連絡を待った。

チラシの素晴らしさに惹かれてなのか？

オレとマサキに加えて、
新しく、ふたりの素敵な仲間ができた。

まずは、弟のミノル。

夢は、２年以内に
イルカになること。

そんなことを言っているミノルだったので、
一緒に仕事をするのは、とっても不安だったけど、
まぁ、弟だし、よしとしよう。

もうひとりは、コン。

車を改造して、湾岸エリアで、
ドリフトしまくっている暴走野郎。

出版という仕事には、とても向いていない気がしたけど、
なんか熱いので、一緒にやることに。

さぁ、４人の仲間が揃った。

天下取ろうぜ！

天下を取る前に、ますは、開業資金だな。
でもさ、出版社って、始めるのにいくらかかるのかね？

いろいろ調べた結果…、まったく、わからなかった。
だったら、店を始めた時と同じでいいじゃん！
4人で150万円ずつ集めて、計600万円で開業しようぜ！

よっしゃ！
金集め大会、スタート！

オレは、出版に100％打ち込むために、
4軒のバーに関しては、権利のすべてを仲間に譲っていた
ので、完全に無一文からのスタート。

ただ、資金集めは、店を始めた時に続いて、2度目なので、
もう慣れたもんだ。流れも見えているし、余裕、余裕。
あとは、気合い入れてやるだけぴょん。
とりあえず、私物をすべて売って、人間モルモットして、
お金借りる部を結成して、友人知人に頼みまくって…。

なんとか、かんとか、4人で600万円の資金集めが完了！
いよいよ、有限会社「サンクチュアリ出版」が誕生した。
オフィスとして、安いアパートの一室を借りて、
部屋の壁に、「祝ベストセラー」と書いた紙を貼った。
安いアパートの窓から見上げる空は、めっちゃ快晴だった。

さぁ、すごい本、創ろうぜ!
でもさ、自伝っていってもさ、
オレ、まだ23歳だから、あんまり書くことがないよね。
まぁ、熱いこと書けばいいか?
よっしゃ!

タイトルは、ボブ・ディランとガンズの曲からもらって、
ヘブンズ・ドアーだ!

オレは、企画もへったくれもなく、思いつくままに、書き殴った。

お店をやった話、インドヘサイババに逢いに行った話、
大好きなイルカやマザー・テレサの話、
盲導犬を応援しようぜの話などなど。

やってきたことや、想っていることを、
ただ、まっすぐに、心を込めて、ひらがな多めで、書いてみた。

原稿ができたら、次は、デザインだ!

っていっても、ウチの出版社には、デザイナーなんて
いなかったから、印刷所の人に手伝ってもらいながら、
ただ、好きな写真を、文章と文章の間に、てきとうに配置した。
(今、見ると、危険なほどにダサい仕上がりだけど、あの頃は)
マジ、神じゃん! 超熱くて、かっこいい本、できた!
オレたちは、舞い上がった。

さぁ、本ができたら、次は、本屋に営業だな！
全国の本屋さんに、オレたちの本を並べよう！
ってことで、とりあえず、近所の本屋さんにGO！

「オレたち、出版社始めたんですけど、本って、どうやって、本屋に置いてもらえばいいんですかね？」って聞いてみた。

そこで、知ったのは、本屋さんに本を並べるためには、
２ステップが必要。
まずは、取次と呼ばれる流通業者と契約すること。
そのうえで、本屋さんから注文をもらうこと。

よっしゃ！ まずは、取次と契約だ！

タウンページで調べて、取次に連絡するも、
オレたちみたいな、ちびっこ出版社とは逢ってもくれなかった。
何度も電話して、ようやく話せた担当の方は、一言。

気持ちはわかるけど、契約はできませんね。
実績を出してから、また、連絡してきてくださいね。
カチャ。プープープー。

きゃー！ 何それー！ あなたたちが本屋に置いてくれないのに、
どうやって、実績出すのよー！ 矛盾しまくりのすけじゃん！

って突っ込んだけど、無視されて。
っていうか、もう、電話きれてたし。

このままじゃ、やばい。

何か、方法ないかな？
いろんな人に、聞きまくっているうちに、幸運が訪れた。
取次とは契約できない、オレたちのような弱小出版社でも、
全国に本を流通してくれるという、流通代行なる会社を発見！

よっしゃ！ 手数料は取られるけど、
ベストセラーを出しちゃえば、余裕っしょ。

あとは、全国の本屋を回って、注文を取りまくるのみ！

おまえ、山手線ね。オレ、東横線行くわ、
おまえは車で郊外の店を回って。
みたいなノリで、オレたちは、４人で、エリアを分担して、
本屋に営業をかけまくった。

もちろん、営業のやり方なんて、
１ミクロンもわからなかったので、それも、本屋に行って、
聞いて、教えてもらった。

すいません。営業って、どうやったらいいんですかね？

あなたたち、営業先に営業のやり方聞くわけ？
面白いわね。

なんて、言いながら、営業書類のつくり方から、トークのコツ
まで、心ある本屋さんたちに、いろいろ教えてもらった。

もちろん、冷たくあしらわれることも多かったけど、
10 人にひとりくらいは、優しく、BIG LOVE で、
オレたちを応援してくれた。

今、想うと、マジ、頭が下がります。
ありがとうございます！

待望の自伝、『HEAVEN'S DOOR』。

いよいよ、全国発売！

自分たちの本が、
本屋に並んでいるのを見て、
泣いたね。
全米が震えるくらいの勢いで、
オレたち4人は震えたね。

これは、売れちゃうね。

やばいね。

ビバだね。

未来は僕らの手の中！ な感じで。

オレたちは、スキップしながら、居酒屋へ直行！

いうまでもなく、勝手に祝勝会は、地獄絵図だった。

１週間後に届いた、売上のデータを見て、発狂！

信じられないくらい、まったく、売れなかった。

ぶっちゃけ、友達の数くらいしか、売れてなかった。

ってことは、全国に流通させる意味もなかったってこと？

パードン？
エクスキューズミー？
タリマカシ？

あまりのショックに、一瞬、オレたちは、日本語を忘れた。

まぁ、でも、当たり前か。

無名の男の自伝が、宣伝ゼロで、本屋の片隅に置かれてもね。

とにかく、営業あるのみ！
レッツゴー本屋！

それから、がむしゃらに本屋を回って営業したけど、無名の著者の売れていない本を、わざわざ置いてくれる店も少なくて。

広告を打ったり、マスコミで宣伝されれば、注文を取ってくれるという店もあったけど、広告費なんてないし、どうやったらマスコミがとりあげてくれるかなんて、まったく意味わかんなかった。

一度、店頭に置いてくれた店も、「売れてないねぇ」ってことで、どんどん、返本が進んで、数週間も経つと、オレの自伝は、全国の本屋の店頭から消えた。

そして、売れなくて返本された在庫が、倉庫に、悲しい山脈になってた。

ジーザス。

よし、こうなったら、次は、新しい本で、挑戦だ！
弟の大好きな、イルカの本を出して、爆発させよう！

しかし、弟のイルカ本は、オレの自伝より売れなかった。

ベストセラーといえば、やっぱ、小説でしょ！
次は、小説にトライするぞ！

仲間の書いた熱い小説は、イルカ本より売れなかった。

新しい本を出しても、売れない。
必死に営業して、店頭に何度置いても、売れない。
そして、もう、資金もない。

さらに、追い打ちをかけるように、大切な仲間も、
辞めてしまった。

残ったのは、オレと、弟のミノルと、圧倒的ダメージのみ。

失敗？ 敗北？ 倒産？ 絶望？ ホームレス？
そんな素敵な言葉しか浮かばない、24の夜。

でも、まだ、オレたちの心は折れてなかった。

ぶっちゃけ、マジ、やばいけど。
このまま、やられっぱなしじゃ、やめられないよな。

成功するか、失敗するか、じゃない。
成功するまでやれば、必ず、成功する。

信じて続けよう。

うりゃー！

新しい仲間も加わり、オレたちは、走り続けた。

なんとか、友人知人に頼みまくり、資金を調達しながら、4冊目、
5冊目と、新しい本を創り、営業に回り、チャレンジを続けた。
バカなオレたちでも、何度も何度も失敗していくうちに、
ちょっとずつ、コツをつかみ始めた。

新しい仲間が加えてくれたエッセンスも、大きかった。

そして、いよいよ。
サンクチュアリ出版は、5冊目で、初めてのヒットを飛ばした。

やっぱ、ヒットすると、世界が変わる。
週間ランキングとかに入るし、
読者からの手紙もいっぱい来るし、
お金もめっちゃ振り込まれるし、オレたちは、有頂天になった。

さぁ、ここから、リベンジだ。

原点に返ろう。
そう。

オレは、自伝を出して、爆裂させるために、出版社を始めた。

23歳の自伝はダメだったけど。
25歳になり、ここで、もう一度、自伝にチャレンジだ！

今度は、オリジナル曲を収録したCDも付けて、
同時にミュージシャンとしても、デビューしちゃうぞ！

やっほー！

タイトルは、
『毎日が冒険』に決まった。

2年前とはまったく違う感覚で、新しい仲間と、
新しい自伝を創った。

今度こそは。

オレは、自信に満ち溢れていた。

しかし。

自伝は、またしても、売れなかった。

あの時は、さすがに、キツかった。

やっぱ、自伝はダメか…。

なんか、自分自身が否定されているようで、刺さった。

珍しく、オレも、現実逃避しそうな時。

新しい仲間で、営業を担当していた鶴くんが、めっちゃ熱く、
みんなに着火してくれた。

「これは、歩くんの自伝だけど、
オレたちみんなの子どもみたいな作品じゃん。

諦めずに、このまま、勝負しようよ！
もっともっとアイデア出して、やれること、全部やろうよ！

絶対、ヒットするよ、これは！
逆に、ヒットするまで、やろうよ！」

オレたちは、やれることを、
すべてやってみた。

なるべく多くの人に逢って、直接、伝えよう！

呼ばれてないけど全国ツアーだ！

３万円で買った、ボロボロのハイエースにペイントして、天井にステージを付けて、北海道から九州まで、全国の交差点をまわって、ギター片手に勝手にゲリラライヴをしまくった。
通称、呼ばれてないけど全国ツアーが開催された。

あとは、買い込み作戦も、効果的だった！
本屋さんには内緒で、友人知人にお金を渡して、オレの本を
買いまくってもらって、店頭で、売り切れにしまくった。
さらに、一部の本屋では、週間ランキングに入るくらい、
徹底的に買い込んだ。

友人たちには、本屋で買う時に、必ず、お店の人に、
「テレビで見たんですけど、高橋歩さんの本ってありますか？」
って、聞いてから買ってもらうことにして、
本屋さんの印象に残るようにしたり。
もちろん、この頃、テレビなんて、まったく出てないけど！

その他、宣伝のプロの人を見つけて、弟子入りしたり、
様々な異業種の交流会みたいな集まりに参加しまくって、
出逢いまくったり。

自分らしさとか、等身大とか、プライドとか、なんとか。そんなものは、サクッと捨てて、プラスになるかもしれないことは、すべてやってみようぜ！

そこで、風が吹いた。

知らぬ間に、雑誌、テレビ、新聞など、いろいろなマスコミの
人が、面白がって、紹介してくれるようになっていった。

それにあわせて、有名人、著名人が、「この本、面白いよ」
みたいに、紹介してくれるようになっていって。

TSUTAYA、ヴィレッジヴァンガードなど、多くの本屋の
チェーンも、プッシュしてくれるようになっていって。

大ベストセラーとはいわないけど、
25歳の自伝『毎日が冒険』は、売れ始め、重版を重ねた。

そして、これをきっかけに、
その後も、サンクチュアリ出版は、ヒット作を連発した。

26歳になる頃、オレは、また、次の旅へ。

結婚を機に、妻のさやかとふたりで、
世界一周の旅へ出ることに決めたので、
サンクチュアリ出版を、一緒に頑張ってきた仲間に譲った。

あれから、約25年。
サンクチュアリ出版は、愛変わらず、かっこいい。
オレがいた頃とは、比べものにならないくらいに
パワーアップして、今もキラキラしている。

LOVE & RESPECT！
本って、素晴らしいぜ。

オレたちは無力だ。
だけど、無敵だ。

「明けましておめでとうございます。
これまで、とてもお世話に
なりました。こちら、退職届です」

新卒採用で日立製作所に勤めて5年。
結婚し第一子を授かったばかり。

出産に立ち会い、
感動で脳みそが異世界に転生してしまっていた俺は、
気づけば直属の上長である副社長の部屋に行き、
新年の挨拶と共に退職届を提出していた。
もちろん現実は異世界ではなく、現世界のままだった。
副社長のぎこちない笑顔はどうやら本物のようで、
副社長のほっぺたをつねりたい気持ちを抑えて現実を受け入れた。

それでも、1人の親父初心者として、家族と過ごす人生、
せっかくなら一番好きなこと、やりたいことで生きていきたい
気持ちは変わらなかった。

俺はドロップアウトからのリスタートを決意した。

なぜか。
理由は簡単だ。
今ここで一番やりたいことで勝負しなければ、
一生挑戦しない可能性があるからだ。

子どもを授かったということは、
この先、義務、責任が生じることは明白だ。
将来、歳をとった自分が、
「本当は自分の一番やりたいことで生きていきたかったけど、
若くして子どもができたから、しょうがない」と、
挑戦しなかった理由を子どものせいにするんじゃないか？
そう思うとそのダサさに寒気がした。

中途半端に要領がよく、大学受験も就職活動もそつなくこなし、
会社でもなんだかんだ順風満帆に出世街道を邁進していた俺。
そこに本当の意味での挑戦はあったのか。そうも思った。

このタイミングでの挑戦がベスト、それが俺の導いた答え
だった。では、何に挑戦すべきなのか？

仕事を辞めてからというもの、考える時間だけはあった。
会社員として勤めたという経験以外、ノウハウ、経験、人脈、
ついでに貯金も、独立に必要とされそうなものがひとつもない
状態が、逆に心地好かった。

「どうせ何もない、ゼロからの
スタートなんだから、
いっちばんやりたいことを
仕事にしよう」

脳内で作戦会議を始める俺。
自分が一番好きなことはなんだ？
なんでも挑戦できるとしたら俺は何をするのだろう？

まず閃いたのは、遊びや旅。

よし、これをもっと紐解いていこう。

俺は自分を質問攻めにした。

どんな遊びをしている時が一番楽しい？
——小学生の時はミニ四駆。高校時代は作曲。
そして、モノ創りに憧れて日立製作所に就職した。
ああ、俺、モノ創りが好きなんだな。

次。どんな旅が好き？
——自由気ままに、時間やお金のことを気にせず
世界中を飛び回り、冒険をしたい。

次。
子どもの頃の夢ってなんだったっけ？
——あの頃、「週刊少年ジャンプ」に連載される漫画の主人公
に憧れていた。『DRAGON BALL』『SLAM DUNK』
『ろくでなし BLUES』…。漫画以外で記憶にあるのは、
『ズッコケ三人組』や『ぼくらの七日間戦争』。
面白かったけど、小説は登場人物が実在しないという事実を
知ってショックを受けた。

でも中学生になって、初めて自伝というものを読んだ。
それが三代目魚武濱田成夫 著『自由になあれ』。
実在する人間の、本当にあったクソ面白い人生に感動し、
自分も自伝になるような物語を生きよう、と心に決めた。

そうか。俺は1人で頷く。脳内会議終了。
答えはアッサリと出た。

世界中を飛び回り冒険を続け、面白い物語を生きて自伝を書き、
本にして出版する。それを生業とする。

あえて名前をつけるなら、

「自伝家」。これしかない！

そう思った。

じゃあ「自伝家」であるために、まず必要なものはなんだ？
出版社だ。
なぜか？ 本を一冊出すだけなら既存の出版社でどうとでも
なるが、自伝家たるもの、一生を通じて出したい時に
出したいものを出版できないとダメだ。
売れる内容にしないと、とか、出そうとする度に出版社の顔色
を窺って、とか、そもそも売れる内容を前提に生きる自伝家
なんて、もはやネタ帳通りのフリースタイルラップだ。

であれば、全リスクを自分で負い、出版社ごと自分でやってしまえばいい。そうすれば、どんな本を出すのも自由だ。

職業は決まった。するべきことも決まった。
スタート位置が決まると、俺の夢はさらに膨らんだ。
自分の本だけでなく、尊敬できる人たちの本も出版し、
それらが並んでいるアジトも欲しい。
それを眺めながら酒を飲みたい。

俺の夢がすべて叶う最高の瞬間はこうだ。

毎月、行きたい国に旅へ行き、様々な冒険と挑戦を続け、
物語を生きて自伝を出版する。
家族がいる日本に帰るたび、自分がつくったアジトに仲間が
集まり、飲み語らいながら、「次はこんな挑戦をしよう」と
作戦会議をする。
すべての旅と遊びが仕事となるからお金は回る。
出したい時に出したい本を出版する。
アジトにはバーカウンターと共に本棚が置いてあり、
そこには自分だけでなく、自分の憧れの著者たちによる
様々な本がずらりと並び、そこには自分の自伝もある。

最高の景色だ。

もしこの夢が叶うのであれば、
俺はどんなことでもする！
そう思えた。

覚悟が決まればあとは行動するのみ。

仕事を辞めたはいいが、
先立つものが何もなかったので、
1600万円を借金で調達。
出版社 NORTH VILLAGE を立ち上げ、
あとはベストセラーを出せば OK！ と思っていた。

しかし、現実はそんなに甘くなかった。
そもそも、俺はサラリーマンだったし、
本も読んでこなかったし、他の出版社の名前すら知らないし、
本のつくり方など、想像したこともなかった。

本は気合いでなんとかなるとしても、
調べていくと、どうやら印刷所や流通（取次）との
契約を結べなければ、本は書店に並ばない、
ということがわかってきた。

ただし、素人がいきなりそういった会社と契約を結ぶのは、
本来ありえないくらいの無理ゲー。
しかしなんだってすると決めた俺は、何度も頭を下げ、
お願いにお願いを重ね、どうにか契約することができた。

次は、夢に描いた最高の本棚に、
自分の自伝と共に並んでもらう本が必要だ。

自分の自伝は会社員時代に一冊出していたので、
まずは憧れの著者たちを口説いて本を出したい。

誰を？
それはもう決まっていた。

中学生の時に「俺も自伝になるような物語を生きたい！」と、
人生を変えるほどの影響を受けた本『自由になあれ』の
著者である、三代目魚武濱田成夫だ。

魚武さんは、詩人として数十作のベストセラーを出版していて、
フジロックに、過去からこれまで、唯一楽器なし、
スタンドマイク１本でステージに立ち、
詩を朗読して会場を沸かせた、
ロックスターのような芸術家だ。

俺が船長である
出版社 NORTH VILLAGE の
記念すべき第一作目は、
絶対に魚武さんの本であるべきだ。
そう思った。

まだ一冊も本を出したこともなければ、本のつくり方も知らない、
ほぼ自称出版社、NORTH VILLAGE。
武器にさえならないこの条件で著名人を口説くのは、
普通に考えればアリエないだろう。
それでも俺には自信があった。
本のつくり方も知らない俺が出版社を立ち上げるうえでの唯一
の勝算は、自分の「人を口説く能力」だと信じていたのだ。

幼少期から超絶ワガママだった俺は、
人を口説いて協力してもらうことが多々あった。
こっちが折れなければ相手が折れるしかない、という特殊な
信念をもとに、たくさんの人に対して熱弁しお願いをし
協力してもらってきた経験だけはあった。
その数は誰にも負けない自信があった。
それは、社会人になってから野球選手になりたいと思った人が
いくらバットを振ったところで、
幼少期からバットを振ってきたイチローに、
バットを振った数でも結果でも追いつけないのと同じだ。

無論、大手出版社に就職して編集者になった人には、
著者を口説く時に大きな「看板」という武器がある。
でも、子どもの頃から「口説く」というバットを振り続けて
きた俺には、軽めのハンデでしかない。

そう思ったからこそ、著者を口説くことだけは、他所の出版社
に勤める編集者には負けてはいけない。これだけは譲れない。

何かに挑戦する時、
自分の中でひとつでも
勝算があれば、
俺はやるだけやっちまえ！
と思う。

俺は、「俺なら口説ける」という勝算に全ベットし、
あとはその先に何があるかもわからないまま、
編集者としての初仕事に飛び込んだ。

ツテなどまったくないので、魚武さんの情報をネットで調べ、
ライヴがあることを知り、そこに潜入。
ライヴ会場のスタッフさんに、手紙を渡して欲しいと頼み込み、
なんとか成功。
数週間後、お会いすることができた。

会うことさえできれば、あとは持ち前の「口説き力」で
なんとかなる、と思っていた。

甘かった。ほんっとうに甘かった。

あの頃の自分を見かけたら無言でチョークスリーパーをキメる
だろう。気絶して泡を吹くまで。
初対面の日、まだ魚武さんについて知らないこともあるのに、
「ファンです！」という一言の浅さが原因で、
2時間以上の説教をいただき、しっかりと断られてしまった。

もちろん俺は諦めない。諦めることを諦めてたから。
反省しながら何度もアプローチし、
「オモロいやん。出版はNOだけど、遊び友達の付き合いならOK」
という返事をもらうことができた。
俺は「友達」という範疇を超え、ストーカーのごとく付きまとった。
5分だけ、北海道なら時間がとれる、と聞けば即北海道に行き、
深夜、街灯の下で本当に5分だけ話をさせてもらって東京に戻る
こともあった。
出会い頭のミスで喫茶店→ファミレス→喫茶店と場所を変えながら
40時間連続でお叱りを受け、魚武さんのタバコを買いに行くため
喫茶店を出てコンビニまで走りながらお叱り満腹ゲロを吐く、
なんてこともあった。
そんなこんなを経て、半年以上が経過し、なんとかご本人から
承諾を得ることができ、無事に魚武さんの新刊を出版できた。
俺が船長である出版社 NORTH VILLAGE の、
記念すべき第一作目。
中学生の頃から影響を受け続けた魚武さんの本。

それが『日本住所不定』だ。
気合いが入りすぎて、
1000ページ近くの大作となり、
物理的にも気持ち的にも
辞書より激アツな本となった。

めでたし、めでたし、
と言いたかったが、ここからも大変だった。
持ち前の財布の紐の緩さからなのか、

創業当初に借りていた1600万円は、
独立して半年が経った頃には
使い切ってしまっていた。

そして致命的だったのは、出版業界の入金サイクルは、
出版してから約7ヶ月経って、ようやく売れた分の一部が
入金される。全部が入金されるのには1年かかる。
さらに、その次の本を出版しないと、
その前の本の入金は保留となる。
もちろん制作費、印刷費、印税などは事前に支払う必要がある。
もっと言えば、出版業界において、
支払いが一度でも遅れてしまえば、信用をなくし、
二度と印刷も流通もできなくなってしまう。

誰もそんなことは教えてくれなかったし、
教えてくれるような出版業界の友達もいなかった。
不勉強でそのことを知らなかった俺は、伝説の大病、
金欠という病にかかった。

当時の俺の支出は、遊ぶことに真剣だからこそ生活費だけでも
月々100万ちょっと。諸経費や印刷費などを加味すると、
毎月300万円〜700万円に膨らんでいた。
入金の目処はない。
だから、それらの支払いを別で稼いで支払う必要があった。

金欠地獄の期限は、いつか大ヒットを出版するまで。

出版社をやることがこんなに大変だったとは…。
出版社って大金持ちじゃないとできない事業じゃん。
誰かもっと早く教えてよ、と心から思った。

ただその頃には、俺は3児の父親となっていた。
父ちゃんが夢を目指しているから子どもの給食費は払えません！
っていうわけにもいかないので、自称出版社を名乗る傍らで、
お金を稼ぐために、何でも屋を始めた。

違法なこと以外はなんでもして、出版を続けるお金も生活費も
稼ぐ。どうせ月数百万円稼ぐ必要があるのであれば、そこに
家族の生活費が100万円乗っかっても変わらない。ちょっと
多めに稼げばいいだけだ。

そう考えると、

「ラッキー、生活費の節約とかする必要ナイじゃん！」と思えた俺。

自分って結構ポジティブな奴だった。

何でも屋を始めてみたものの、
その日々は笑えるぐらい波瀾万丈だった。
それもそのはず、スタッフも誰もいない、
自分1人で、何もないところから、
毎月何百万円ものお金を稼ぎ続けるわけだから。

まず俺は、友達や知り合いに、大きめの会社をやっている
社長さんを片っ端から紹介してもらった。

紹介してもらった社長に会う度に、俺はこんなふうに言う。

「2週間以内に400万円、お金が欲しいんです。何をすればいいですか？」

こんな話を出会って5分でするわけだから、
初めはみんなムッとする。
それはそうだ。もし俺が、どこの誰だかわからない初対面の
若造に「400万ください」なんて言われたら、即ビンタだ。

ただ、俺には勝算があった。勝算がなければやらない。

どんな社長さんも、ある程度の規模で事業をやっていれば、
既存のチームではどうしてもクリアできていない課題という
ものがいくつかある。
それさえクリアできれば大きなチャンスなり利益なりが
生まれるということ、それを聞き出せばいい。

「400万円でなーんでも叶うとしたら、何をして欲しいですか？」

そうしつこく聞く俺。
社長さんも400万円なんて支払いたくないから、
無理すぎる難題を言ってくる。
例えば。
小さい広告代理店をやっている社長は言った。
「某大手企業のテレビCMを年間契約とってきて」
アパレル会社の社長は言った。
「倉庫に眠っている2万デザイン、4万個の売れ残った帽子の
在庫を俺の希望金額で売ってくれ」

会計事務所の社長は言った。
「東京で年間 1000 万円分の顧問契約をとってきて」
出版社の社長は言った。
「雑誌の広告を 3800 万円分とってきて」

ポップにすごい難題が雪崩のようにやってきた。
でも、どんな難題だとしても、やれば大金が入ってくる。
やるしかない。
毎月、死に物狂いで、2 週間以内にそれらの難題を
叶えていった。どうにかひとつの課題をクリアしてその月の
支払いができても、翌月にはまた新たな支払いが発生する。
ドラクエでいう、バラモスを倒したらすぐ、
ゾーマのツノが見えてくる、みたいな。
そんな何でも屋生活は、2 年半続いた。

結果、ノーミスで駆け抜けた。

ドSなビジネスの神様も、2年半も無理ゲーをクリアし続ける
俺に、さすがに痺れを切らしたのか、ついに転機が訪れた。

実は、何でも屋と並行して、憧れの著者を口説き、
出版準備も仕込んでいた俺。
そしてその作品が、大ヒットしたのだ。初のベストセラー。
それが、この本で共著させてもらっている高橋歩の著書
『夢は逃げない。逃げるのはいつも自分だ。』だ。

何でも屋で駆けずり回り、出版の資金繰りに奔走するなか、
心が折れそうになるたびに、何度もこの本のタイトルを
心の中で叫んでいた。だから逃げなかった。だから夢を掴めた。

本は何が売れるかなんて、なかなかわからない。
どれだけいい本を創っても売れなければ出版しても大赤字だ。
とてもギャンブル性が強い。
そう、俺はギャンブルが大好きだ。

ただ、そんなギャンブル好きの
俺でも、出版を一生続けるためには、
他の遊びも仕事にしてお金を
回さないといけないと気づいた。
出版にはお金がかかる。
だから、遊びを仕事にしなきゃ
いけない。
エジプトで出会い、一日中吸って
いたいと思えたシーシャの事業と、
ガラクタという宝探しができる
リサイクルの事業に、
ベストセラーで入金されたお金を
すべてダンクした。

このふたつの事業がうまくいってくれれば、あとはその利益で
出したい本を出したい時に好きなように出版し、
売れたらラッキー、ぐらいな気持ちでいられる。
そうすれば誰よりも楽しく出版を続けられる。

そこからまた、いろーんな楽しいこととかめっちゃ大変なこと
を経て、無事、シーシャ事業もリサイクル事業も大ブレイク。
すべてを手放し独立してから17年。
今も無事に出版を続けている。

ある日、毎月の海外放浪から帰国し、
迎えの車で空港から自分のアジト、シーシャバーに行った。
店は満卓。
賑わう店内に集まった仲間と酒を飲みながら、
楽しく旅の土産話をしていると、
ふと、店内の大きな本棚に目が行った。

そこにはこれまで NORTH VILLAGE から出版した数々の本が
並んでいた。
一作目に出した三代目魚武濱田成夫をはじめとし、GACKT、
窪塚洋介、吉本ばなな、高橋歩、DJ 社長、ロバート・ハリス、
家入一真などなど、錚々たる著者たちの作品の数々。
全部 NORTH VILLAGE で出した本だ。
それらの本と同じように並んでいるのが、
俺の念願の自伝『ワルあがき』だ。

ほろ酔いでシーシャを吸いながら
その光景を眺めながら思い出した。

「あ、この瞬間だ！ 俺が独立する時に
『これが叶ったら最高』って描いた夢が、これなんだ‼」

なるほどね。
俺は煙を吐きながらこう思った。

夢って気がついたらアッサリ叶っているものだな、と。

諦めることを諦めろ。

1位

自由であり続けるために、
俺らは夢でメシを喰う。

今回の人生は
最後まで一緒にいよう。

【結婚・子育て論】

'S NOT A WEAKNESS

自分には嫁、家族がいるから、
リスクのある無謀な挑戦は
できない？

いやいや、
守るべき人がいるからこそ、
人間は強くなれる。

家という帰る場所があるからこそ、
漢は、外に出て
攻め続けることができる。

POWER !!!!

IS

世界中が俺の敵になったとしても、
その理由が完全に俺のせいだったとしても、
家族だけは最後まで味方であり続けてくれる。
俺も、何があっても家族を許す。
妻を許す。

聖人君子じゃないんだから、
パートナーにも、
ダメなところや嫌なところもあるでしょ。
そんな欠点すら許し、愛することができれば、
今回の人生、最後まで一緒にいられる。

YOU

DEATH CANNOT

死ぬまで、一緒な。
死んでも、一緒な。

俺が先に死んだら、
あっちで、ちゃんと待ってるから。
もし、おまえが先に死んだら、
ちゃんと待っててよ。

MAKE YOUR

世界を旅すればするほど想う。

自分の家族さえ幸せにできない奴に、
日本も地球もないでしょ。

そして、この地球上に、
子育てを超える感動と冒険はない。

まずは、自分の家族を
幸せにすることから始めようぜ。

FAMILY

HAPPY

FIRST

妻のさやかと出逢ったのは、遠い昔の夏。
オレが20歳の大学生、さやかが19歳の専門学生の時だった。

ちょっとした飲み会で知りあい、
何度かふたりで遊ぶようになった頃、
夜の公園で交わされたなにげない夢トークが、
すべての始まりだった。

「ねぇ、そういえばさ、さやかちゃん、夢とかあるの？」
「夢？ う～ん…」
「なんでもいいぜ、気軽な感じでさ」
「知りあって3回目くらいで言うのはなんだけど…。
あえて言えば、私の夢は
あゆむクンの妻を極めることだと想う」

えっ？ マジで？
オレの妻を極めることが夢？
なぜ？ この美女が？

「一応、聞くけど…。それ、ギャグじゃないよね？」
そう確認したうえで、数日後、オレから告白して、
ふたりは付き合うようになった。

26歳の秋、オレはさやかと結婚した。

正式に結婚を決めたのは、25歳の時だったと想う。

出逢った頃から、さやかは、
「私の夢はあゆむクンの妻を極めること」
っていうプロポーズをしてくれていたわけで、
あとは、オレからのプロポーズが必要なだけだった。

出逢った時と同じジーンズをはいて、出逢った場所に行って。
シンプルな指輪を渡して、ゆっくりふたりで話した。

「今回の人生は、
最後まで一緒に生きような」。

千葉県の片隅の小さなアパートの階段に座って。

オレたちふたりは、静かに、人生を重ねる約束をした。

さやかとの結婚を決めた頃。オレは、出版社の経営を離れ、
またゼロから新しい夢に向かった。

次は、さやかと世界一周だ！

結婚式の３日後から始まる、エンドレスハネムーン。
期限も決めず、コースも決めず、気の向くままに世界を
放浪しよう。そして、金がなくなったら帰ってこよう。
それだけを決めて出発した。

約１年８ヶ月間、大きなバックパックを背負い、
多少の金と世界地図を片手に、体内のワクワクセンサーに
導かれるまま、ふたりで世界中の路上を歩いた。

文字通り、南極から北極までの大冒険になり、忘れられない
感動的なシーンは無数にあるけど、意外にも一番心に
残っているのは、さやかがパリでショッピングをしながら、
嬉しそうにはしゃいでいる時の表情だったりするから
不思議だ。

オレにとっての旅は、どこに行くか、何をするか、
というよりも、誰と行くか。
大切なのは、場所や内容よりも、相手なのかもしれない。

ふたりで、世界中の風に吹かれながら。
いっぱい話して、いっぱい笑って、いっぱいケンカしながら。
互いの幸せのカタチを共有できたことが、大きかったと想う。

marriage

結婚にしても、子どもにしても。
縛られるなんて言う人もいるけど、オレはピンとこない。

オレは、結婚することで、より自由になった。
オレは、子どもができたことで、より自由になった。

**愛し合えば合うほど、
心は自由になっていく。
大切なものが
シンプルになればなるほど、
心は自由になっていく。**

子育てを超える冒険は、きっと、存在しない。
そう想ってしまうくらい、究極の冒険が待っている。

子育ては、インスピレーションの泉！
教えて育てる「教育」ではなく、
共に育つ「共育」でいこう！

子どもを育てながら、自分を育ててくれた両親のことを想う。

感じることはいろいろあるが、
まだ、うまく言葉にできないことが多い。

ただ、オレは、自分に子どもができてみて初めて、
両親に感謝する、という言葉の意味を深くかみしめている。

両親は一切口には出さないが、
オレという人間をひとり育てるために、
注がれた愛情やエネルギーは、想像を絶する量だろう。

そして、オレを育てるために、
やりたかったけど諦めたこともいっぱいあったはずだ。

今、オレが言えることは、ただひとつ。

おやじとおふくろの子どもに
生まれて、本当によかった。

それだけです。

「結婚」という約束で始まった永い旅の途中。

オレたちは、泣いたり笑ったり、
ケンカしたり抱き合ったりしながら。
今日も一緒に歩いている。

ふたりがひとつであるために。
ふたりがふたりであるために。

行こう。どこまでも。

この旅は、死ぬまで終わらない。

自分の女さえ幸せに
できない奴に、
日本も地球もないでしょ。

まずは、大切な人を大切に。

すべては、そこから。

世界は広いし、楽しいこともいっぱいあるし、
夢はいろいろあるけれど。

オレの人生最大の夢。
それは、すごくシンプルだ。

「さやかにとっての
ヒーローであり続けたい」。

オレの心の真ん中が、そう叫んでる。

旅に出よう。

愛し合おう。

妻のエミと出逢ったのは、
大学1年生の夏休み。
湘南のビーチだった。

俺は夏休みを満喫するための資金づくりをすべく、
休みが始まるとすぐに、自分で作曲した音楽をカセットテープ
にダビングしまくった。
そして学校から近かった湘南のビーチに行き、
当時あったドラム型の爆音が出るラジカセを肩に乗せ、
つくった曲をガンガン流しながら売り歩く、
という作戦を実行した。

「カセット買いませんかぁ～。
めっちゃいい曲入ってますよ～‼」
俺はラジカセを担いだまま、
海水浴にきたバカンス気分の人たちに声をかけまくった。

今思えば、どうせ小遣い稼ぎをするならもっと違うモノを
売ればよかったのかもしれない。知らない奴がつくった曲
よりも、冷えたスイカや、ワンチャン捕まる覚悟で、
流行りの曲トップ10をダビングしたカセットを売り歩いた
方が儲かるに決まっていた。
ただ、脳みそが完成前の成長過程にあった当時の俺は、
自分の曲を売ることこそが、
金を稼ぐベストな方法だと思っていた。

日光照り照りの、ゲキ暑のビーチ。
しかも当時のラジカセの重さは電池含めて約 10kg。
汗だくになりながら、なんとかカセットを売りつけようと、
ひたすらいろんな人に声をかけ続けが、
なかなか売れないまま時が過ぎた。

もうこのままラジカセを投げ捨て海の向こうの遠い国に送って
やろうかと思い始めた時に、OL 風の２人組の女性を見つけた。
藁にもすがる思いで、俺はその２人に近づいた。

「すいませーん！ 俺の曲が入ったカセットテープ、
買いませんか〜？」
「いりませ〜ん」

即答の OL。

「ですよね〜」そう言いながら俺は２人の横に腰掛けた。
突然隣に座った俺に警戒する OL たち。
「どうしたんですか？」
「曲流してビーチを歩き回ってるんだけど、
ホント全然売れないんですよね」
「そりゃね」
１人が笑顔を見せた！ イケるかもしれない！
そう思った俺は言葉を続けた。

「俺、買ってもらえるまでここから絶対離れない！
…って、今決めた！」

謎の宣言をキメた俺は、
どう？ とばかりに笑顔を見せてくれた子を見つめた。
イケるか？
しかし、答えは期待とちょっと違った。
「私たち、ホントに、現金持ってきてないの」
俺と彼女の、熾烈なラリーが繰り広げられる。
「こやつ、やるな」
これは長引くことになる。俺は心の中で覚悟を決めた。
売るまで離れるもんか。

しかしラリーは空虚なものだった。
「海水浴に来たのなら、海の家とかビールとか、現金必要でしょ！」
心の中ではそう叫んでいたが、
２人は本当に現金を持っていなかった……。
しょぼくれそうになる俺。しかし、救いの一言が聞こえてきた！
「銀行まで行きたいから連れてって♡♡
お金をおろすから♡♡♡♡」

山が動いた！ そう確信した俺は、当時の愛車、
ミニ・クーパー40周年限定バージョンの後部ドアを
うやうやしく開けて２人を乗せ、銀行まで短いドライブを
楽しんだ。ついに俺のカセットテープがお金になる！
ガソリン代をさっぴいても利益！

143

だが、そこに神はいなかった。
お金をおろした女の子は「ありがとー、助かった」と言った
あとに、信じがたい言葉を発した。とびっきりの笑顔で。
「でも、カセットは買わない♡♡♡♡♡」
「えっ…なぜ??」

まったく理解ができなかった。
しかし、買ってもらえるまで絶対離れない！ と宣言していた俺。
なんとかテープを買ってもらおうと試行錯誤したが、
すべては徒労に終わった。
ただ、それでも離れなかった。
今でも、だ。

その女性の名前はエミ。
俺とエミはその後、
3児の子どもたちのいるビッグ・ファミリーを築くことになる。

いつしか俺は、
あの日売れなかったカセットテープを値上げした。
1兆円だ。

妻に買われると、「買ってもらうまで離れない」という宣言が
終了し、離れる理由ができてしまうからだ。
そうして、世界一高いカセットテープが誕生した。
今も大切に持っている。
もちろん、誰にも売るつもりはない。

妻となったエミは、俺の6歳上。
そんじょそこらの年上の男たちより、
ずっと肝っ玉が座っている女性だ。
俺はエミに、女性としてはもちろん、人間としても惚れていて、
リスペクトもしまくってる。彼女がいかに素敵かを語り出すと
止まらなくなるので、ひとつだけ、とあるエピソードを紹介する。

初めての子が生まれてすぐのことだった。
父親となったことを機に、俺は、会社を辞め独立することを決めた。
ある程度独立準備を進めてから、俺はリビングで乳飲み子を抱く
エミに「ちょっと話があるんだ」と伝え、ひざを突き合わせる
ようにして目の前に座った。
そして人生の岐路とも言える想いを伝えた。

「日立を辞めることにした」
「ふ〜ん」
「で、独立して出版社をやろうって決めたんだ」
「ふ〜ん」

エミは表情ひとつ変えず、抱いた子どもを優しく揺らしていた。

「あれ？ 何も言われないぞ？」少し拍子抜けしながらも、
俺は最大の事実を告白した。

「貯金もないので、つきましては、
1600万円ほど借金してきました！」

ついに言ってしまった。
財布に穴が開きっぱなしなのか、
どうしても貯金ができない俺は、出版社を動かすためのお金を、
おもいっきり借りていたのだ。
「これにさすがにめちゃくちゃ怒られる……」
そう覚悟をしていた俺。
反応が怖すぎて下を向いてしまっていたが、
固唾を呑みながら視線を上げた。
さすがに激怒か…。

「ふ〜ん」

えっ？「ふ〜ん」？　だけ??
俺はタイムリーパーかのように、
５分前と同じ表情で子どもをあやしているエミを見つめた。

「…いや、ふ〜んじゃなくて…」

彼女は
「だって、もう決めたことなんでしょ？　いいんじゃない？」

俺の妻、カッケェ…。
心から思った。

そしてその話には続きがある。

俺の決死の告白から2週間経った頃、
珍しくエミが俺にお金の話を切り出した。

「で、借金したっていう1600万円は、月いくらの返済なの？」
「え？　なんで？」

「だって、家族なんだから、万が一あなたに何かがあったら、
残った私が返していくことになるでしょう。
月いくらっていう覚悟はしておこうと思って」

「いや、無担保無保証だから俺が死んだら返さなくて
大丈夫だと思うよ」
「それは筋が違うから、その時は私が返すから金額だけ教えて」
「〇×万円…」
「わかった」

以上。
エミがその話をすることは2度となかった。

オトコマエを通り越してもう女神。
この喩えが合っているのかは定かではないが、
その後も俺のメンターであり、肝っ玉母さんであり、
何より、愛すべきカッケェ妻で居続けてくれている。

結婚すれば誰しも、というわけではないが、子どもを授かることで、
夫婦には大きな変化が起こる。
我が家には、3人の子どもたちがいるわけだが、3人だから
こその変化がある。これから父親になるであろう未来の
お父さんたちに、一応先輩として、これだけは伝えておきたい。

女性は、赤ちゃんを産んだ瞬間から母親となる。

10ヶ月お腹の中で守ってきたひとつの命。
出産後、その命はお腹の中から、親の手の中に委ねられる。
危険な外界からかけがえのない命を守るために、母親が強く
なるのは必然だ。その強さはあなたの想像を遥かに超える。

言いたいことはこういうことだ。

あなたが今愛している その女性は、1人目の子どもを 産むと同時に、フリーザとなります。

フリーザを知らない人は今すぐググってください。

2人目の出産で、フリーザは第二形態となります。
妻の両手は、2人の子どもと手を繋ぐためのものとなり、
夫は後ろをついていくしかありません。

3人目。子どもと手を繋ぐ手さえ足りなくなると、
フリーザは最終形態に仕上がります。

こんなことを言ってしまうのは、リスクでしかない。
リスクを本にして世にばら撒くのは
愚の骨頂なのかもしれない。
それでも俺はみんなに伝えたい。
この事実を知っているかどうかで、
夫としてのその後の人生が大きく変わるからだ。
何度も言うが、自分を一番に愛してくれていた彼女が、
子どもが生まれた途端、突然豹変してしまう。
男にとってはデカすぎるショックだろう。仕方がない。
隣に上目遣いのクリリンがいると思っていたら、
そこにはフリーザしかいない。さらに「コロしますよ」と
言わんばかりの目で自分を見ているわけだから。

残念ながら妻が愛している人ランキング1位は入れ替わり、
都落ちした夫は彼女にとって、ランキング1位の子どもが
風邪を引く原因となりうる菌を外から持ち込む、
悪のバイキンマンでしかないのだ。

エミと出逢って26年、結婚して18年。
愛をどれだけ捧げたとしても、フリーザと化した彼女からは、
数え切れないほどの鋭い刃のような言葉を受け、
ナメック星のすべての生物が死を意識するぐらいの
怖いまなざしを向けられてきた。
俺の心は傷つき、時にはカチンとくることもあった。

こんな思いをするのは俺だけではない。
職場の仲間と子育ての話をしていると、初心者マーク付きの
父親である彼らは、口を揃えて家庭でのストレスを口にする。

「なぜ俺の妻はあんな言い方をするんだ。
俺の何がいけないっていうんだ。
大変なのは妻だけじゃない。
男だって家族を養うために仕事をしている。
休みの日ぐらい少しは手伝ってって言われるけど、
じゃあ俺はいつ休めばいいんだ。
俺のすり減った気持ちはどこにぶつければいい ?!」

気持ちはわかる。ただ、ルールはひとつしかない。

「奥さんはいつも正しい。
間違っているのはいつも自分だ」

そう。決して逆らってはならないのだ。

育児に疲れて休んでいる妻に、
良かれと思ってこんなセリフを口にする。
「僕が皿洗いしておこうか？」
「オムツ変えとくね」
それはちっとも「良かれ」じゃない。
恩着せがましくいちいち確認するな。
この後に及んで、
「わーありがとう。すごく助かる」
なんて言って欲しいのか？ おまえには勿体無い。

心身共に疲れている妻に
質問は不要だ。
何も言わずにやれ。

では結婚は地獄なのか？
そうではない。どうか安心して欲しい。
彼女がフリーザでいるのは、永遠じゃない。

経験上、最後の子どもが生まれてから6年も経ち、
その子が小学校に通う頃、最終形態であったフリーザは、
第二形態へ、そしてノーマル・フリーザへと戻っていくのだ。
そこからさらに6年も経てば、一番下の子が中学生になる。
今度は逆に、それまで「ママが世界一」だった甘えんぼうの
子どもが、ちょっとした反抗期を迎えるだろう。
そうなれば彼女は傷ついたクリリンとなって、
自分のところに戻ってきてくれる。

これが「女性は子どもを産むとフリーザとなるが最終的には
クリリンとなる」、いわゆるドラゴンボール事変だ。

あまりフザけているとエミが再びフリーザになりそうなので、
最後にちょっとだけ真面目な話を。
俺は、結婚後すぐ、出版社 NORTH VILLAGE を立ち上げ、
様々な本を創り出版してきた。
本の数だけ著者がいて、その数だけ出会いがあり、
無数の言葉に触れてきた。
印象的だったのは、高橋歩との出会いと言葉だ。

「愛する人と自由な人生を」
このシンプルで力強いメッセージを伝え続ける歩さんと、
沖縄で話していた時に教えてもらった言葉がある。

「今回の人生は最後まで
一緒にいる、と決めている」

その言葉は、当時の俺の心のど真ん中に響いた。
もし妻と喧嘩したとして、その勢いで離婚という言葉を
口にすれば、その響きそのものが、2人の関係にとって
悪性の腫瘍のように根強く残る可能性がある。
離婚という選択肢があること自体が害悪なんだ。

だから俺も、今回の人生、
何があっても最後までエミと一緒にいると決めた。

エミには結婚する際、
「何があっても一生一緒にいよう。
離婚という選択肢は俺らの人生から消して、
もしも別れるぐらいなら一緒に死ぬことにしよう」
と伝えた。
絶対の約束として。

おかげで、俺とエミの間に夫婦喧嘩が勃発することはあっても、
離婚という言葉は一度も出てきてない。

今回の人生は、最後まで一緒に。
それを決めるだけで、夫婦関係は大きく変わる。

一生一緒にいると決めた、何よりも大切な妻。
俺は好きなように生きているが、その実、
完全に「妻ファースト」だ。

1人目の子どもがまだ幼稚園に通っていた頃、
俺は立ち上げて間もない出版社をなんとか軌道に乗せるべく
奔走していた。

そんな最中、今や世界的に活躍する俳優、
窪塚洋介と数冊目の本を旅をしながら創るべく、
共にタイを訪れることになった。
洋介さんの事務所とスケジュールの調整を重ね、
映画と映画の撮影の合間を縫うようにして
「この1週間なら旅の日程を確保できる」
というスケジュールが確定した。
しかし1週間では正直足りない。
「よい本にしたいですし、旅先でやりたいことはたくさん
あります。できれば12日ぐらいはスケジュールを確保して
欲しいです」
俺は、無理を承知で事務所に伝え、
ありがたいことに事務所側も関係各所と調整してくれ、
12日間に期間を延ばしたスケジュールを組んでもらえた。

さっそく、航空券を手配した俺は家に戻り、
エミにその旨を伝えた。

「来週から、本の取材で窪塚洋介さんとタイに行ってくる」
　そう伝えると、エミはカレンダーをちらっと見て、
いつかの「ふーん」のように、さらっとすごいことを口にした。

「あー、ダメだ。その日程だと幼稚園の運動会とかぶってる」

俺は血の気が引き、顔面蒼白になった。

「いやいやでも、事務所にもめちゃくちゃ頼み込んで
なんとか調整してもらった日程で、もう航空券も取っちゃったから、
どうしてもスケジュールを動かせないんだよ…」
慌てふためきながらも必死に説得しようとする俺。

しかし、エミは笑いながらこう言った。

「いやいや、幼稚園の運動会の
日程を動かす方が無理だし」

ごもっともなお言葉に、俺は「ですよね」としか言えなかった。
「幼稚園に爆弾テロ予告でもして、運動会を延期させる覚悟が
あるなら好きにしたらいいんじゃない？」
ケラケラ笑うエミ。俺もとびきりの引きつり笑いを返していたと
思うが記憶がない。

結局俺はどうしたか？

洋介さんにこれ以上ないほど頭を下げ、こう伝えた。
「すいません、タイ滞在の最後の２日間、子どもの運動会が
あるので、洋介さんをおいて、僕、先に日本に帰ります！」
わざわざスケジュールを延ばしてもらったのに先に帰る
編集者？
アリエナイ。
でも、エミを怒らせるのはもっとアリエナカッタ。

結局、旅の終盤で洋介さんをタイに放置し、俺は日本に戻った。
朝6時に成田空港に到着するとそのまま幼稚園に直行し、
運動会の場所どりに並んだ。
エミは俺より少し遅れてくると、いつもと変わらない調子で
「おはよう。ありがとう」と笑顔を見せてくれた。
その笑顔は何にも変えがたい。すべてが報われた。

絶対的なプライオリティは家族。これがすごく重要なんだ。

一方で、洋介さんには本当に頭が上がらない。
タイでの事件だけではなく、エジプトでの取材では、
俺はシーシャと出会ってしまいドハマりし、シーシャ屋巡りを
するためにカメラを本人に渡して自分で取材をしてもらった。
さらにその後も、南米への旅を本にする機会をもらったが、
空港で話が盛り上がりすぎて、そのままチェックイン時間が
過ぎて乗るはずの飛行機が空へと消えてしまった。
数え出せばキリがないくらいいろいろな事件が起こったが、

それでも怒らずピースなままの窪塚洋介の懐のデカさよ。

俺は、そんな窪塚洋介という人間が大好きだ。
彼に足を向けて寝ることなど一生ない。
（洋介さんの家がどっち方向にあるかは知らないが）

懐のデカさと言えば、
俺もちょっとだけ懐が深くなったことがある。

いつしか子どもが3匹となり、フリーザ最終形態の奥さんと
育児生活していた頃。当時俺が編集していたのが、
家入一真の新刊『バカ、アホ、ドジ、マヌケの成功者』
という本だった。もちろん、出版社はNORTH VILLAGE。

この本のタイトルは、決して本人をバカにしてるわけではない。
著者の生き様が、本当にタイトル通りなのだ。
自他ともに認めるダメ人間の家入さん。
例えば、絶対に行かなくてはいけない仕事や、
テレビ撮影のスケジュールさえも、しょっちゅう飛ばしてしまう。
定期的に鬱状態に入ってしまうのだ。

俺との打ち合わせも何度もすっぽかされた。
最終的に会えた時には、
「この前は打ち合わせに行けず、すいません。
2週間ほど、家にこもって『死にたい』って連呼してました」
と言っていた。

ただ、俺は幼少期、待ち合わせをしても
午前か午後くらいしか決めない南米で育ったので
まったく気にならなかった。

もちろん、日本であれば5分遅刻すると怒る人が
たくさんいるのも知っている。
国が違えば許せることも変わってくるのが現実だ。

許すとはなんだろうかと考えている頃、
家入さんの書いてくれた一言に、俺は大きな影響を受けた。

「愛し合うということは、
許し合うっていうこと」

俺は遅刻やすっぽかしを許せても、
イラッとしてしまうことは山ほどある。
結婚生活でも、だ。

一生一緒にいると決めていたものの、
エミが口にする俺へのちょっとした言葉に、
腑に落ちなかったりイライラしてしまったりすることがあった。
自分のことを棚に上げて、なんでそんなことを言ってくるんだ！
と心の中でシャウトすることもあった。

しかし、俺たちは、お互いがパーフェクトな相手だから
一緒になったわけではない。
むしろ、一般的な人よりもダメなところが多い人間だと
自覚している。寝坊もするし家事ができない日もあるし
俺にいたっては米を炊いたことも洗濯したことさえない。
それをわかったうえで結婚した2人なのだから、
相手のダメなところ、できていないところを指摘して
夫婦喧嘩をヒートアップさせても意味がない。

そこで「許し合う」という言葉に立ちかえる。

エミがどのくらい俺を許してくれているのか。
家入さんの言葉をきっかけにして気がついたのは、
俺はこれまでの人生、エミにめちゃくちゃ許されながら
生きてきた、ということだ。
今、俺が幸せを感じられるのも、
人生がちょっとうまくいっていることも、
すべて、エミが俺を許してくれている、
そのうえで実現していることだったんだ。

俺は猛省した。

愛し合うということは、許し合うということ。
であれば、俺は、結婚したエミという女性に対して、
何をどこまで許せるのだろう？

そもそもエミは自分にとってどういう存在だ？
たとえエミに対して、もしくは自分の子どもに対して、
全世界が敵となることがあっても、それでも味方でいたい。
それでも許したい。それが家族だ。
思い返せば、俺の両親、兄弟、祖父母、一番の親友もそうだ。

俺は生涯を懸けて、
エミのすべてを許すことを決めた。

そう決意すると、エミにキツいことを言われて
イラッとした時の自分の反応が変わっていった。
「いやいや、全部許すと決めながら、
まだそんな小さいことにイライラしてるの？　器小さくない？
懐せまくない？」
と自問することができるようになった。
そうすれば自然に、「いやいや、全然許せるし」と自答できる。

今ももちろんそうだ。
もし仮にエミが誰かを殺してしまったとしても、
俺はそれを許すだろうし、全世界がエミの敵となっても、
俺が絶対にエミを守る。
殺人以上の許せないことなど想像もできないから、
つまりそれは、すべてにおいて許すということ。
そう決めている。

愛する人と
許し合う人生を最後まで。

俺はエミとそんな人生を送るんだ。

そして、
できれば俺も許されたい。笑

余談だが、俺はまだ、恋をしている。
もちろんエミにだ。
湘南のビーチで初めて会った時には伝えていなかったが、
その頃からのドキドキが継続している。

子どもたちが学校に行ってる時、俺はエミと2人でスーパーに
買い出しに行ったりランチを食べに出かけたりもするが、
俺の頭の中には中学生のような思考が渦巻いている。

「今この場で、エミを俺に惚れさせたい」

そんなことを考えつつ、ドキドキしながら一緒に過ごしている。

一度口説いた女性を、もう一度口説き直し、あらためて自分に
惚れさすというのは本当に大変だというのはわかっている。

俺たちはもう何年も一緒にいる。
見せていない新たな一面などありゃしない。
ギャップなんてすり減って平面だ。
であれば、成長して新たな自分を見せて惚れさせたい。
俺は日々トライしている。

いつか死んで、生まれ変わったとして。
その人生でもまたエミと一緒にいたい。

だから今日も俺は、エミを口説く。
一緒に死ぬ日まで、ずっとだ。

願わくは、エミが死ぬ1日前に、オレは死にたい。

MACHU PICCHU

自由であり続けるために、
俺らは夢でメシを喰う。

金無し、コネ無し、現実味無し。

＃やっぱり、
それでも夢は叶う。

誰にも理解されないような、
壮大な夢を描き、叶えちゃおう。

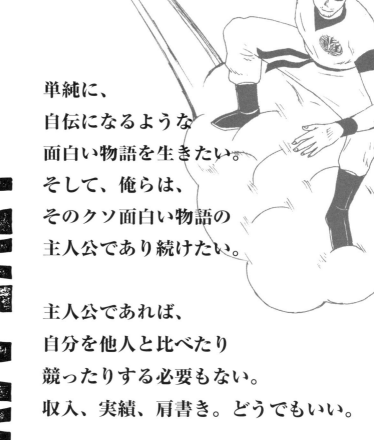

単純に、
自伝になるような
面白い物語を生きたい。
そして、俺らは、
そのクソ面白い物語の
主人公であり続けたい。

主人公であれば、
自分を他人と比べたり
競ったりする必要もない。
収入、実績、肩書き。どうでもいい。

BE MY OWN 主君。

ただ、
負けたくない相手がいる。
ライバルは、
「少年ジャンプ」の漫画に
出てくる主人公たち。
いや、もはや漫画そのもの。

だから、
自分が生きる物語の面白さだけは、
最高でなければならない。
それだけは誰にも
負けちゃいけない。

FILL IN THE

苦難、困難、失敗、反省、
さらには、最低！って思った出来事さえ、
自伝を書く人間、自伝家にとっては
なくてはならない必要な出来事、ネタとなる。
もちろん、無謀な挑戦、旅、出会い、
ラッキーだったこともだ。
逆を言えば、
自伝の1ページにならない出来事なんて、
どうでもいいこと。
渾身の1ページのためなら
財産すべてを投じる価値があるし、

PAGES OF

その1ページのために
自伝家は人生を懸け、
全身全霊で勝負する。

STORY

夢は、他人から見て
立派なものである必要はない。

これを叶えられたら最高じゃない!?
20代の時は、心の底からそう思い、
無謀と言われようが自分の夢に向かって、
背伸びして挑戦することに心がタギった。

幸いにも、
幾度となく夢を叶えることができた人生。
そして、夢を叶える再現性が
自分のものになった頃、
次のステージが見えてきたんだ。

それは、立派な夢よりも
不明な夢の方がタギるってこと。

UNKNOWN

そんなことやってなんの意味があるんだ？
ってツッコまれるぐらい、
周囲にとっては不明な夢。

**夢なんて、
理解されないぐらいの方が
かっこいい。**

DREAM

LET'S

さあ、とりあえず、
地球の真裏にあるマチュピチュに、
自分たちのアジトをオープンしに行こうか。

MACHU

GO TO PICCHU

誰にも理解されなくていい。
自伝の最高の1ページになれば、
それでいいんだ。

この夢が叶うなら、
もう死んでもイイ！

夢を叶えた者の多くは、そんな気持ちで果敢に、
時に無謀なチャレンジをしたのだと思う。

しかし、夢を叶えてやりたいことで喰っていく、
と決めた人間にとっては、
一度夢を叶えたからといってアガれるわけでもない。
ビジネス的には、一度の成功で食べていける期間なんて、
5年から10年程度のものだ。
時代がすごいスピードで移り変わる昨今。
たとえ自分のやってきたことがトレンドとなり、
大きなお金を生み出したとしても、
新たな挑戦を続けない限り、その先に待っているのは、
自分がつくったトレンドに次々と乗っかってくる
2番手3番手の相手に追い抜かれ、
時代遅れのロートルとなる先細りの人生だ。

最初の夢を叶えたとしても、
また新しい夢に向かってチャレンジしなければ
メシを喰い続けることができないのが現実だ。

もちろん、成功のあり方によっては、
つくった会社をバイアウトし、多額のお金を手に
セミリタイアで余生をゆっくり過ごす人たちもいる。

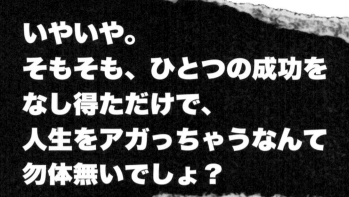

そんなもんですか?
夢を叶えた人間であるならば、叶えられた側の人間ならば、
その能力があるということ。
であれば、その力をブラッシュアップして、
バンバン次の夢を叶えていかないと。
人生は強欲に。でしょ? 笑

それに、たった一回の成功なんて、
ただのラッキーなのかもしれない。
そう言われたとしても無視するだけだが、
そこに再現性はあるのかと自問する自分がいる。
俺は、自分が夢を叶え続けられる側の人間だと証明したい。
10年後も20年後も挑戦を続け、次の夢も、その次の夢も、
すべて叶え続けたいからだ。

振り返れば、俺も高橋歩も、結果的にかもしれないが、
夢を叶える再現性を手にしていた。
この本で書いたことや、書いてないことも含め、
想いつく限りの夢を、片っ端から叶えまくっていったわけだ。

コツはたったひとつ。
「叶うまでやる」それだけ。

もちろん、イージーゲームだったことなどない。
新しいことに挑戦しようとすると、常に苦戦を強いられる。
それが故に、ひとつの夢を叶えて手にしたお金は、
次の夢のためにオールイン。
常にリセット。ゼロからの挑戦。リスタート。
そうやって夢を叶えまくった人間の末路はどうなるのか？

結論、夢の描き方が変わってくる。

理解されない夢を
追うようになるのだ。

俺は自分の店で、若い人たちにやりたいことを聞くことがある。
みんなは一様に、立派な夢、かっこいい夢を語る。

世界で活躍するアーティストになりたい。
カンボジアで学校に通えない子どもたちのために学校をつくりたい。
日本の素晴らしい部分をもっと世界の人たちに
伝えていけるようになりたい。
ITで新たなサービスを提供し、
みんなの生活をもっと便利にしたい。
などなど。

それを聞いた周囲が「すげーっ！」「それは立派だね！」
などと感嘆符がつくような反応をされる夢ばかりが並ぶ。
人前で語る夢の根底には承認欲求があるからだ。

かくいう俺や高橋歩も、若造の頃から
「自分の自伝本を本屋に並べたい」
「自分の店を持ちたい」
という承認欲求のカタマリのような夢からスタートしていたから、
それがイイ・ワルイなんて言えないし、
その時期はみんなにあってしかるべきだ。

ただ、夢を叶え続けると、次第に叶うのが当たり前になっていくし、
「すごいっすね！」とか「ハンパねぇッス！」
とかは言われ慣れてしまい、お腹いっぱいになってくる。
身内のスタッフにいたっては「またすか」と、
あたかも当たり前のことかのような反応をされてしまう。

そんな周囲の反応に影響されてか、
はたまた夢を叶えすぎて脳汁でミソがふやけてしまったせいか、
次第に夢の描き方が変わっていった。
いわゆる、「すごい」と感嘆符がつくような立派な夢よりも、
「え？」「なんでそんなことするんですか？」という疑問符が
つくような、理解不能、意味不明な夢の方がタギるようになる。
周りから理解も共感もされないような夢、誰しもが
「挑戦しよう」とも考えないものを、いつのまにか追っている。
それはもはや、難易度さえ不明なものだ。

ある日俺は、自分の中の「不明」の極地にある夢を叶えると
決めた。決めるとすぐに、会社の飲食部門の店長たちを集めて、
こう切り出した。

「ワタクシ、ついに海外出店を決めました！」

オーッ‼と盛り上がる店長陣。

「海外一発目の出店先は…」

固唾を呑んで俺の次の言葉を待つ店長たち。

「マチュピチュです！」

「ハア？」
「WHY??」
「地球の真裏???」

「俺たちは、
シーシャ業界において、
ロマンチックさ世界一を
獲りにいきます！」

「へ？」
「WHAT FOR??」
「なんのために ???」

疑問符のオンパレードは、俺にとっての賞賛だった。
これこれ！
不明な夢を宣言するだけで、
俺の心は全力で躍っていた。
ただし、店長陣からは全力で反対された。
しかし、もはや反対されればされるほど、
意地でもそれを実現したくなるのが俺だった。

なぜ、海外展開一発目がマチュピチュだったのか。

それは窪塚洋介の著書『放流』の執筆のため、
共にペルーのマチュピチュに訪れたのがきっかけだった。

俺たちは、マチュピチュの遺跡の麓にある小さな村、
アグアス・カリエンテスに滞在した。

マチュピチュの遺跡を宮崎駿監督の『天空の城ラピュタ』だと
するならば、その村はパズーが暮らす村そのものだ。
標高2000m近くにあるその村に行くには、
日本からアメリカ、アメリカからペルーの首都リマへ、
そこから国内線でクスコに飛び、さらに車で2時間かけて
オリャンタイタンボという小さな駅まで走り、
そこから列車で2時間半かかる。
日本から早くても片道3日はかかる場所ではあるが、
その村は長旅の疲労が一瞬で吹き飛ぶほど、魅力的な村だった。

ふらふらと歩きどこを見ても、
『天空の城ラピュタ』の映画で観たことがあるような、
ジブリの世界に自分が迷い込んだような感覚。
初めて見た光景とは思えなかった。

あっというまにマチュピチュ滞在は終わりを迎えた夜、
すでに日本でシーシャ屋を20店舗以上出していたものの、
それでも俺は、思わず呟いた。

「この村に自分のシーシャ屋があったらいいのにな…」

洋介さんはそんな俺を見つめてニヤッと笑い、こう言った。

「できるよ、洋平なら」

とは言え、どう考えても非現実的な夢であるという認識は
どこかにあった。
日本に帰国し渋谷を歩くだけで現実世界に戻され、
マチュピチュも、あの時抱いた夢も遥か遠く感じるようになった。
「物件を探すだけでも、また片道3日以上かけて
向こうに行くのか……クソ大変だな」

それもそうだ。
ビザも持っていない日本人がペルーで会社を登記したり、
銀行口座を開設したりできるのか？
もしかしたらマチュピチュの物件は、地元の商売を守るために、
現地の人たちしか契約できないようになっているのかもしれない。
そもそも、あの村を毎日歩いていたけれど、
空き物件らしき建物などひとつも見なかった。
さらに、売上を回収しようとするだけでも片道3日かかる。

諦めるための免罪符はたくさんあった。
ただ、自伝『ワルあがき』でも書いたが、とっくの昔、
小学生の頃には、諦めることを諦めていた。
それは今でも変わらない。だからこそ波瀾万丈な人生なんだろう。

それでも、諦めないとしても、次の挑戦の舞台が
地球の真裏なんてのは、神様、ちょっと遠すぎないか？

そんなことを考えている最中、歩さんから、
悪魔の電話がかかってきた。

184

「北里、久しぶり！ 今さ、世界中の全大陸で店をやりたいと
思っているんだよ。南極までは目処がたちそうなんだけど、
南米がまったくアテがないから一緒にやらない？ 例えば南米
のアマゾンでツリーハウスのシーシャ屋とか、グアテマラの村
でバーとか、洋平好みな感じじゃない？」

まさしくこのタイミングで、南米で店を一緒にやらないか？
というまさかのオファー。
これは、大きな流れに導かれている…。

しゃーない。やるか。
俺は3秒で決断し、歩さんにこう伝えた。

「ちょうどマチュピチュで店をやりたいと思っていたんですよ。
マチュピチュにあるアグアス・カリエンテスという村で店を
やるなら一緒にやりましょう。YES or NO でお答えください」

すると歩さんは、
「ん？ アグアス・カリエンテス？ どんな村だっけ？
ま、いっか。うん、一緒にそこでやろう」

さすがは高橋歩。
どんな場所かも深く聞かず、
秒で決断。

「じゃあ、今、物件を探しに行くスケジュールを決めちゃおう。
3週間後ならガツッと空けれるけど北里はどう？」

「オス！」

こうして、俺と高橋歩の初の共同出店、
そして、NORTH VILLAGE の初の海外出店が決まった。

事前準備は何もしなかった。
調べたら調べるほど、ビザや会社登記、銀行口座開設など、
大変なことが目に入ってくるのが明白だったからだ。
とにかくマチュピチュに行って、
それから物件を見つければテンションもブチ上がる。
そうしたらそのテンションのまま、あとはすべて現地で
なんとかしよう、ということで意見が一致した。
攻めのスタイルが似ていると話が早くていいもんだ。

結局、マチュピチュ滞在の最終日に、
奇跡的に最高の空き物件を見つけた俺たち。
見つけたはいいが実際に店舗をオープンするまでの道のりは、
それはそれは大変だった。

長くなるので詳細は次の本で書くとして、
ダイジェストで並べるとこんな感じだ。

物件を借りて早々のコロナ禍到来。
やはりペルー在住でないとできない数々の事務手続き。

高い壁を見上げるだけだった俺たち。
しかし、俺の姉の同級生愛ちゃんが、
ペルー人のエルネストと結婚しペルーに住んでいた、
という奇跡的な偶然により、風向きは変わった。

愛ちゃんとの再会、エルネストとの出会い、
俺に誘われてよくわからないままペルーに同行したユキくん、
エルネストが募った協力者と現地で採用したペルー人クルーたち、
そしてそのチームの絶大な団結力で起こしまくった
数々のミラクルにより、店は無事にオープンした！

店の名は、
NORTH VILLAGE
BOHEMIAN!!

マチュピチュで店を出す。
俺と高橋歩の夢は実現した。

俺が夢を語った時、
ポカンとしていた周りのみんなの表情を今でも思い出す。

「それ、どこ？」
「ていうか、なんで??」
「なんのためにそんなことをするの???」

俺たちが描く夢は、
意味さえも不明なぐらいが
ちょうどいい。

誰もが理解できないようなことに闘志を燃やし、
これからも全力で挑戦していくんだ。

ちなみに、奇跡のオープン後、
マチュピチュ店は大苦戦したのもいい思い出だ。
1年が経った今、店は軌道に乗り、
きちんと利益が出るようになった。

マチュピチュ店のオープンをきっかけに、
NORTH VILLAGE は世界に羽ばたいた。
その後、マレーシアにも出店を重ね、マレーシア2店舗目は
NORTH VILLAGE と GACKT さんとのコラボ店となった。

マチュピチュ店のオープンを機に、
店舗数世界一だった NORTH VILLAGE は、
ロマンチックさと標高でも世界一を獲れた。
めでたしめでたし。

もちろん、夢はめでたしめでたしでは終わらない。
まだまだ続く。

俺と歩さんの次なる夢は、
マチュピチュ店の利益でプロ経験のあるサッカー選手を雇い、
あのバズーの村で、サッカーチームをつくるということ。

人口の少ない村だし、
選手たちのスキルは他に劣るかもしれない。
ただ、ホームグラウンドは、標高2000mだ。
下界の人間には酸素が薄すぎるので、
ホーム戦だけは最強のチームになるだろう。
その次は、チチカカ湖を周遊できるシーシャ屋をつくりたい。
ペルーとボリビアの間にある世界最標高3812mの湖、
チチカカ湖。
その湖では、トトラと呼ばれる藁でつくった数々の浮き島に
原住民が住み、同じくトトラでつくった船で浮き島を行き来
している。
だから俺たちもトトラで船を2艘つくり、その間にボード板を
貼り、世界初のチチカカ湖を周遊できるシーシャ屋をつくりたい。
シーシャを吸いながら釣りを楽しみ、
雄大な景色をのんびりと味わう。

きっとこの夢を誰かに伝えても、
どでかい「？」が浮かぶのだろう。
それでも、意味不明な夢に、本気で挑戦し続ける。
ファンタジーがすぎると笑われようがバカにされようが。

だからこそ、俺たちの、どこにもないたったひとつの自伝の１ページが、次々と生まれていくんだ。

行動の伴う想いは、
弾丸のように世界を貫き、
弾丸は種となって花を咲かせる。

北里とふたり。
すべては、飲み屋でのしょうもない会話から始まった気がする。

南米で、なんか、一緒に、おもろいことやろっか？

南米といえば、アマゾン？ リオ？ パタゴニア？
いや、やっぱ、マチュピチュでしょ。

オレも、世界でレストランや宿をやってるし、
北里も、世界でシーシャカフェをやってるし、

マチュピチュで、コラボして、秘密のアジト、創っちゃう？

よっしゃ、とりあえず、マチュピチュ行こうぜ。
いつにする？

いつも通り、
行きあたりバッチリな感じで、
オレたちは、旅に出た。

マチュピチュ！

20年ぶりのマチュピチュは、やっぱり最高だった。
突き抜ける透明感が半端ない。

高地だから、ただでさえ酸素が少ない中、
コカ茶（合法よ）もビールも効きまくりで、
脳みそがいい感じ。

深々と広がるインカ文明の世界。
文字を持たない文化だからこそ、
想像と妄想が広がりまくりで、さらに、脳みそがいい感じ。

これに加えて、北里が持ち込んだ、極上のシーシャ（合法よ）。
ヘブンリーな風に吹かれながら、ふたりで、空を見上げて。
もう、どうしようもなく、脳みそがいい感じ。

Knockin' on heaven's door !

そうそう、欲しかったのはこの感覚だ。

何かと不便で面倒なんだけど、
何が起こるかわからない、ドキドキと期待感があって。

こうやって、
新しい扉を開き続ける人生が
好きだ。

マチュピチュ遺跡直下の村をふらふらしながら、
ロモサル食べたり、ピスコサワー飲んだり、
温泉入ったりしながら、
秘密のアジトになる物件を探していたんだけど。

もちろん、素敵な物件は、なかなか、みつからない。
帰る日が近づいても、まだ、みつからない。

マチュピチュは、楽しいんだけど。
手頃な物件、ないね。

まぁ、なんとかなるっしょ。

根拠は？
なにもないけど。

でも、やっぱり、出てくるんだなぁ、これが。

最終日の前日、怪しい出逢いから、怪しい建物に導かれ、
怪しい兄弟との会話のうえ、怪しい物件が決まった。

ぶっちゃけ、北里が、
軽くスペイン語を話せたのもデカかったけど。

よっしゃ！ 物件、決定！
さぁ、次に来た時に、
オープンさせよう！

オレたちは気分よく、
マチュピチュ物件
ゲットトリップを終えた。

店でも、宿でも、学校でも、ライヴハウスでも、
スタイルは、なんでもいい。

「ここで、こんなアジトを始めたらどうかな？」
そんなアンテナを張りながら路上を歩くと、
それだけで、旅が楽しくなる。

実際に、気に入った旅先でアジトを始めると、
さらに、人生が楽しくなる。

**旅する人は、
みな、旅人と呼ばれるが、
旅をしながら、
新しい何かを生み出す人。
それを、ボヘミアンと呼ぶ。**

YES！
ボヘミアンでいこう！

楽しいことをやるためには、素敵な出逢いが不可欠。

まずは、この夫婦。
ペルー人のエルネストと、奥さんの愛ちゃん。

この夫婦との出逢いがなければ、
マチュピチュアジトは、きっと、途中で終了してたと思う。

大家さんとの交渉から、現地法人の設立、
営業許可から、スタッフ募集まで、
現地で必要な仕事のすべてを仕切ってくれた、
大切なパートナーだ。

ふたりとは、昔、親の都合でチリに住んでいた北里の繋がりで、
出逢うことができた。

「シンプルに、おまえたちが好きだから、やってる。
さらに言えば、オレ自身も、ペルー人として、
誇りであるマチュピチュで、店をオープンするという体験を
してみたかったんだ。本当に楽しいよ」
なんて笑いながら、1円も受け取らず、最強の仕事をしてくれた、
心優しい敏腕経営者だ。

奥さんの愛ちゃんも、いつも、最高のスマイルで、
いい感じで通訳してくれながら、いろいろケアーしてくれて、本
当に助かった。
開店のための準備も完了したし。
そろそろマチュピチュ行って、オープンさせようか！

っていうタイミングで、
コロナ禍突入！

約3年間、物理的にマチュピチュに行けない日々が。
すでに契約し、家賃は発生していたので、
オープンできないまま、金ばっかり出ていくし。

ぶっちゃけ、かなり酔ってたから、理由は覚えてないけど。
ふたりで酒飲んで、口論して、もう、一緒にやるのはやめよう！
みたいなことになったり。
2秒で仲直りして、やることになったり。

そんなこんなで、このプロジェクトは、なんとかサバイブ。

コロナ禍も明けてきた頃、ふたり＆仲間でマチュピチュへ。

さぁ、開業準備を仕上げて、アジトをオープンしようぜ！

マチュピチュでは、愛変わらず、ロモサル食べつつ、
ピスコサワー飲みつつ、温泉入りつつ。

いよいよ、スタッフ面接も！

オープン前、ドアに貼っていた求人募集を見て応募してくれた、
ベネズエラ人の女性、
アルゼンチン人の兄ちゃん、ペルー人のおじさんなどなど、
仲間に通訳してもらいながら、最高の３人と出逢うことができた。

地元ペルーの大工さん、ペペとの出逢いも、最高だった。

大工の棟梁として、
内外装の工事の出来が素晴らしかったのはもちろん、
開業準備に必要な、様々な買い出しにも、
すべて付き合ってくれて、値段交渉も燃えてくれて、
本当に助かった。

互いに、言葉が一切通じないながらも
(彼はスペイン語のみなので)、
なぜか、妙にオレを気に入ってくれたようで、
一瞬でマブダチになり、知らぬ間に、師匠と弟子の関係に。

ついていきまっせ、ペペ師匠！

写真と映像を担当してくれた、
ペルー人アーティストのパウロも、めっちゃいい奴でさ。

開業準備を進めている時、
彼が店にふらっと遊びに来てくれて、話しているうちに、
意気投合！
彼が、すっごくいい感じの店の写真を撮ってくれたり、
PVを創ってくれた。

世界中で大活躍している友人のグラフィティーアーティスト、
DRAGON76が、マチュピチュ店のために、
壁に飾る絵を描いてくれた！

これも、かなり、いい感じ！

現地のペルー人アーティストによる素敵な絵も、
いっぱい飾って。

さらに、店内の2階席の壁には、
ジブリフェチとしては欠かせない、
ナウシカと、サンの絵も、飾ってあるんだ。

マチュピチュ＝ラピュタなのに、
なぜ、シータがいないの？
とは、言わないでね。

メニューを決めたり、営業許可を取ったり、
細かい準備を仕上げて。

2023年5月12日。
晴れて、
マチュピチュアジトが
OPEN！

オレがやっている、
世界に広がるレストラン＆ホテル「BOHEMIAN」

北里がやっている、
世界最高のシーシャブランド「NORTH VILLAGE」

店名は、オレたちふたりの店をそのままくっつけて。

「NORTH VILLAGE
BOHEMIAN」

ふたつのチームのコラボで生まれた、極上の秘密基地。

天国のすぐそばで、インカの扉をノックしてみて。

今後は、このアジトを拠点に、いろいろやっていくつもり。

まずは、ドラゴンボールたこ焼きの販売を始めたい。
7つ食べたら、夢が叶うぞ！ って感じでさ。
ペルーでは、『DRAGON BALL』が流行っているし、
たこ焼き、いけるっしょ！
そして、たこ焼きで稼いだお金で、地元の子どもたちに、
サッカーチームを創るんだ。
南米ということもあって、ローカルの子どもたちは、
みんな、サッカーが大好きだから、喜んでくれるからさ。

さらに、南米で、アジトが増えちゃいそうだな。

マチュピチュに続いて、
チチカカ湖、イースター島でも、やりたい。
もちろん、アマゾンの秘境で、
ツリーハウスの宿とかも楽しそうだし。
伝説のピンクイルカとも、泳ぎたい！

DON'T STOP！
夢は終わらない。

夢があろうとなかろうと、
楽しく生きている奴が最強。

エピローグに代えて

最後に、互いへの
エールとクレームを。

北里は、ビッグマウスだ。

すぐにデカいことを言って、はったりをかます。
昔は口だけクンだったけど、
めげずに叫び続けて20年。
最近は、ほぼほぼ実現するようになって、
キラキラの瞳で、
北里のビッグマウスを聞く人が
増えてきた。
オレは、面白くない。

北里は、ドブネズミだ。

雨ニモマケズ、風ニモマケズ、
悪口や裏切りやシャンパン一気にも負けない、
まれに見る、大きな生命力を持っている。
ふだんは、いい加減で、テキトーな男だけど、
心の片隅に、まっすぐで優しい、
ドブネズミのような美しさを持ってる。

北里は、モルモットだ。

自分の人生を実験台にして、
いつも、新しい何かを生み出そうとしている。
死ななきゃOKの精神で、
なんでも、どこでも、行ってみる、やってみる、食べてみる、
飲んでみる、吸ってみる、体感ありきの挑戦者だ。
北里に出逢ったら、
ぜひ、劇薬&毒薬&媚薬を飲ませてあげて欲しい。
こっそりとシーシャに入れとけば、なんでも吸うので、
バレない。

北里は、ピカチュウだ。

みんなで楽しもう！ みたいな空気で、
ニコニコした顔で近づいてきて、都合が悪くなると、
やけくそになって、強力な電気を放出して、
すべてをチャラにする。
油断してはダメ。本当にたちが悪いので。

北里は、ミッキーマウスだ。

ルックスは、埼玉ヤンキーまんまだけど、心の中には、
何か、世界中に広がるような、普遍的なLOVEを持っている。
あらま。ちょっと、誉めすぎたか？
でも、これは本当だ。

えっ？
ということは。
今、気づいたんだけど。

北里は、ネズミの仲間だったんだ。

すげぇな、あいつ。
人間じゃなかったんだ。
オレも、長い付き合いになるけど、知らなかった。

お互いに、生物の種類は違うけど。

今回の人生（ネズミ生？）を、ずっと一緒に楽しんでいきたい。

この本を創り終えて。

今、出来たてホヤホヤの原稿＆デザインを見ながら、
これを書いている。

久しぶりに、飲み会の空気のままの本ができたな。

まず、そう想った。

このテンションの作品は、
25歳の時に書いた自伝『毎日が冒険』以来だな、たぶん。

ノリ、テンション、勢い、パッション、
わきあがってくる何か、みたいなものに任せて、
いい意味で、まっすぐに、乱暴に創り上げた。

AYUMU TAKAHASHI

オレと、北里と、それぞれの文章もあれば、
ふたりがチャンプル〜している文章もあるけど、
まぁ、細かいことは気にせず、
この本に漂っている何かを、
丸ごと、肌で、楽しんでくれたら嬉しい。

そして、もし、ピンとくる人がいたら、
ぜひ、一緒に、遊ぼう。

ONE LOVE . ONE WORLD.
おもいっきり楽しみながら、世界を平和に。

ヤッたろうぜ。

高橋歩
ayumuman@a-works.gr.jp

【俺にとって高橋歩という存在は、目の上のタンコブだ】

20代後半で起業することを決めた、出版社の設立前夜、
「旅を、遊びを仕事にし、出版社を立ち上げる」と
飲みの場で豪語していた俺。
しかし、高橋歩と俺との両者を知る人たちから、
さんざん言われた言葉がある。

「第二の高橋歩みたいになりたいんだね」

それもそのはず、高橋歩は当時、
出版業界では知らない人のいない超有名人。
出版社を自分で立ち上げ、著者としてベストセラーを連発。
「絶対」などない出版業界で、「絶対売れる著者」としか
言えないような結果を叩き出していた。
憧れる人は多かっただろう。

ただ、同じように出版社を自分で立ち上げようとする
若者なんて、どこを見渡してもいなかった。
それでも「俺も出版社を立ち上げたいんです」と口にすれば、
「憧れが行きすぎてアユム病にかかっちゃったね。
でも無理だよ」
「世の中そんなに甘くないよ」
とバカにしたような影口が回り回って俺の耳に届いていた。
その度に俺の心はシャウトしていた。

はぁ⁉ おまえら俺の何を知ってるんだよ！
全然違う人間じゃねぇか‼
旅をしたい、出版社やりたい、本を出したい、って言ったら、
全員高橋歩に憧れた二番煎じってことになるのかよ⁉

人間性、挑戦してきたこと、
戦うスタイルも全然違うじゃねぇか‼
俺はマネしてるわけじゃない！
もっとちゃんと俺を見てくれよ‼‼

そう。高橋歩の存在さえなければ、
こんな悔しい思いをすることはなかった。
ただ、その悔しさが俺の背中を押してくれ、
走り続ける原動力となったことも確かだ。

【高橋歩は、凡人だ】

目の上のデカいタンコブであった高橋歩。
ただ、俺は高橋歩という人間が、
悔しさを超えるほど大好きだし、リスペクトもしている。

高橋歩のすごいのは、全然すごそうに見えないことだ。
凡人力とでも言えばいいのか。

俺が自分で出版社を立ち上げると決めたきっかけのひとつは、
高橋歩の自伝『毎日が冒険』だ。
「こんな計画性もスキルもない普通の、
ただただ無謀な人間でも、こんなことができたのか。
じゃあ、俺なら余裕かも」そう思わせてくれた、高橋歩の凡人力。

俺の人生の、大切な初めの一歩、
その背中を押してくれたのが高橋歩だ。

【高橋歩の言葉には、
圧倒的なチカラがある】

高橋歩の言葉は非凡だ。

飲みの場で、高橋歩は非現実的な夢を言葉にして語る。
どんなに非現実に見えても、その場にいる全員の心は
高橋歩の言葉に掴まれ、魅了され、その夢に巻き込まれていく。
あっというまに高橋歩のプロジェクトが発足される。
「俺もそのプロジェクトに参加したい！」
と思ってしまう自分もいた。
そのたびに頬を引っ叩き、
「おまえは自分のやりたいことをやれ！」
と自分に言い聞かせた。

高橋歩の言葉のチカラは、人を動かす。

「夢は逃げない。逃げるのはいつも自分だ」
「大人がマジで遊べば、それが仕事となる」
「BELIEVE YOUR 鳥肌」

高橋歩の著書に度々出てくる言葉たち。
こんなふうに生きたい、という俺の幾多の妄想。
どんなにバカにされようとも、「この妄想のままに突っ走ろう」
そう確信できていたのは、高橋歩の言葉に導かれていたからだ。

【高橋歩はイタリア系愛の伝道師だ】

高橋歩は本の中で自分の奥さんをベタ褒めし、愛を語る。
いわゆる日本人特有の羞恥心をどこかに置いてきたように、
ストレートに愛を語る。

さらには奥さんへのラブレターを一冊の本にして出版した。
「えっ、それは直接本人に渡せばよくないですか？
全国書店にばら撒く必要、あります？」
正直そう思った。
だが、その本は10万部を超えた。
ラブレターばら撒かれすぎ、というよくわからない現象は、
今でも意味がわからない。

やってることはわからなくても、メッセージは明確だ。
高橋歩のどの本の巻末にも、
必ずと言っていいほど書かれている一文がある。

「愛する人と自由な人生を」

この言葉は、
声を大にして「俺は自分の奥さんが大好きだ！」と言うことは、
恥ずかしいことじゃなくてかっこいいことなんだ、
と俺に気づかせてくれた。

もうひとつ俺が大切にしているメッセージがある。

「今回の人生は、最後まで一緒に」

俺は奥さんと死ぬまで一緒にいる、
という覚悟が生まれた言葉だ。

いつのまにか俺も、
「イタリア人みたいに奥さん好き好き言うよね」
と言われるほど、愛の伝道師になっていた。
それはちっとも恥ずかしいことではない。誇らしいことだ。

【高橋歩は
NORTH VILLAGE の救世主だ】

NORTH VILLAGE という自分の会社で、なんだかんだ
やりたいことをできているのは、高橋歩のおかげだ。

創業当初から金欠が続き、何でも屋をやって毎月数百万の
お金を工面しなければいけない時期が２年半も続いていたが、
その終止符を打ってくれたのが、高橋歩の著書だった。

高橋歩の著作が最も売れている時期であり、
かつ彼自身が出版社をやっているわけだから、
他社から新刊を出す必要が１ミクロンもない。
なのに高橋歩は NORTH VILLAGE から
『夢は逃げない。逃げるのはいつも自分だ。』
という本を出させてくれて、それがベストセラーとなって
俺は何でも屋稼業を畳むことができた。

何でも屋時代、高橋歩と何度も会っていたが、
出版社を立ち上げることがいかに大変なことか、
そしてどうやったら軌道に乗せられるか、
というようなアドバイスをもらったことはなかった。
「なんで教えてくれないんだ、ヒデェ奴だ！」
なんて思ったこともあったが、
最後の最後は、救世主のように、作品で助けてくれた。

そんな救世主高橋歩は、
なぜか、いつも金欠だ。

俺以上に。イツモイツマデモ。

著書累計200万部以上の作家であり、
飲食店も多数ブレイクさせているのに、
なぜそんなに金欠なのか。

常に次のチャレンジを探し、
その夢にその時のお金をオールインするからだ。
金に巻かれず、金よりも夢を追いかける潔さ。

本当に大切なことを大切にできるのが高橋歩だ。
だから、世界のどこにいようが、
どんなに厳しい状況にぶち当たろうが、
ドブネズミのように、いつも美しく輝いている。

今から20年前、24歳の会社員時代、
同じく会社員の友達に勧められて読んだのが、
高橋歩の自伝『毎日が冒険』だ。
それ以来、高橋歩が出版する本すべてを俺は読んできた。

高橋歩との共著。

これだけとっても、20代、30代の時の俺が聞いたら、
目をかっ開いて驚き、大喜びするぐらいの大事件なのに、
さらにはマチュピチュで一緒に店までやることになったのだから、
人生何が起こるかわからない。

本との出会いは、その著者との出会いと同義だと思う。
出版社をやっている身からすると、
編集者として著者と本を創るのも同じく出会い。
2人が共著で本を書くのも出会い。

つまり、彼の本を読んできて、編集もして、店も一緒にやり、
共著も出版している俺は、
高橋歩と、違うカタチで4回出会っているということになる。

おっさんが何を言っているんだと気持ち悪がられるかも
しれないが、ここまでくると、もはや運命さえ感じざるを得ない。

先にも書いたが、高橋歩の言葉には力がある。
著書累計200万部を超える高橋歩の書く本に影響を受け、
人生が変わった人が何人いるのかは想像もつかない。
一方で、「この本いいな、刺激を受けた！」と思いながらも、
読んだだけで自分も何かをやった気になり、
まったく行動に移さなかった人もたくさんいるだろう。

俺が、ひとつ胸を張って言えるのは、高橋歩の書いた、
たった一冊の本との出会いから、誰よりも、いや世界一、
人生を面白く変えたのは間違いなく俺だろう。

行動の伴う想いは、
弾丸のように世界を貫き、
弾丸は種となって花を咲かせる。

昔、高橋歩の本を読んでいたのに、
なんにも変わらなかった人たち、
はっはっはっ、どうだ。羨ましいだろう。

後書きに代えて、暴言を送ります。

そして、この本が、たまたま手にとった誰かの心に刺さり、
世界のどこかで、新たな挑戦と冒険が
生まれることを願っています。

北里洋平

高橋歩

NORTH VILLAGEを救った伝説の一冊。
イベントで日本全国、3万人の若者たちと
本気で向き合い、飲み、語ってきた本音を文章化。
高橋歩が語った、リアルな夢の叶え方!!

これまでジャンルを超えて様々な夢を叶え続けてきた
高橋歩の、仲間と夢を叶えるための鉄板メソッド!
人生を楽しみながら、ドラマチックに夢を
叶えて生きていくためのバイブル!!

北里洋平著
漫画・キャラクターデザイン たなか亜希夫

「諦めることを、諦めた!!」小学生にしてそう決意した、馬鹿がゆえに自由すぎる主人公が、突然現れたもう一人の自分「キング」の教えを手掛かりに、描く夢全てに片っ端からオトシマエをつけていこうとする、果敢だが無謀一直線の、真実の物語。

「そこらの役者やタレントやアーティストじゃ太刀打ち出来ないよ。コイツは素敵だぜ」
　　　　　　　　　　　　　　　　　　　—窪塚洋介（俳優）

「おいおい、ヨーヘイ! 実物より100倍絵が格好良すぎだろ!」
　　　　　　　　　　　　　　　　　　　—GACKT（ミュージシャン）

「北里は、どうしようもない男だ。ただ、この男の持つ、唯一の力。『生命力』。これだけは、感じてみる価値がある」　—高橋歩（自由人）

Amazon(日本語版)	Amazon(英語版)	特設サイト	北里洋平公式サイト

しのごのいわず
ヤッちまえ。

高橋歩 × 北里洋平
特別インタビュー動画公開中

総再生回数
700万回
突破!!

NORTH VILLAGE
公式YouTube チャンネル
https://www.youtube.com/c/NORTHVILLAGEofficialYouTube

店舗数・ロマンチックさ・標高世界一の
遊べて飲める水タバコカフェ

NORTH VILLAGE

U.D.A. River City 店
東京都渋谷区宇田川町 32-7
HULIC & NEW UDAGAWA 3F
TEL：03-5422-3557

VIP 渋谷店
東京都渋谷区宇田川町 34-6
M&I ビル 1F
TEL：03-6809-0949

CO-WORKING 渋谷店
東京都渋谷区道玄坂 2-8-8
日立建物渋谷第一ビル 4-5F
TEL：03-5422-3065

渋谷道玄坂店
東京都渋谷区道玄坂 2-28-5
SUN・J ビル 6F
TEL：03-6427-0249

渋谷道玄坂小路店
東京都渋谷区道玄坂 2-29-14
さすがビル 3F
TEL：03-6885-8418

渋谷駅前店
東京都渋谷区道玄坂 2-8-9
市橋ビル 3F
TEL：03-6455-3421

渋谷 1 号店
東京都渋谷区宇田川町 4-10
ゴールデンビル 1F
TEL：03-3461-1063

DROPOUT 渋谷店
東京都渋谷区道玄坂 2-8-9
市橋ビル B1F
TEL：03-6427-0530

六本木 VIP 店
東京都港区六本木 4-11-11
六本木 GM ビル 8F
TEL：03-6812-9508

六本木ジパング店
東京都港区六本木 4 丁目 11-8
フランセビル 6F
TEL：03-5843-1840

六本木 1 号店
東京都港区六本木 4-12-4
アドベンチャー飯田ビル 4F
TEL：03-6884-2781

DROPOUT 西麻布店
東京都港区西麻布 2-7-5
ハウス西麻布 1F
TEL：03-5962-7255

健康水煙草
超不良中年

新宿歌舞伎町店
東京都新宿区歌舞伎町1-12-3
センタービル6F
TEL : 03-6205-6636

新宿歌舞伎町2号店
東京都新宿区歌舞伎町1-12-6
歌舞伎町ビル5F・D-4号室
TEL : 03-6205-6351

新宿1号店
東京都新宿区新宿3丁目2-4
黒船ビル4F
TEL : 03-6380-0447

下北沢2号店
東京都世田谷区北沢2-14-8
春日ビル2F
TEL : 03-5787-5592

下北沢店
東京都世田谷区北沢2-18-5
UPTOWN下北沢2F
TEL : 03-3411-4955

吉祥寺南口店
東京都武蔵野市吉祥寺南町1-4-2
徳populビル4F
TEL : 0422-26-5432

京都本店
京都府京都市中京区先斗町通四条上ル
鍋屋町232-19
TEL : 075-744-0675

大阪梅田VIP店
大阪府大阪市北区堂山町4-4
阪急東ビル1F
TEL : 06-6755-4009

大阪梅田店
大阪府大阪市北区堂山町5-9
扇会館2F
TEL : 06-6360-9992

大阪道頓堀店
大阪府大阪市中央区道頓堀1-1-5
新日本道頓堀ビル5F
TEL : 06-6213-0508

マレーシア店
32 & 3A-2 MH Avenue, Jalan Bangsa Kantan,
Setapak, 53000 Kuala Lumpur,
Federal Territory of Kuala Lumpur, Malaysia

マチュピチュ店
NORTH VILLAGE For Bohemian
Imperio de los Incas 532,
Aguas Calientes 08681 Peru

G&Y NORTH VILLAGE
Floor Level 5 Alfa Bangsar, Lot 21,
Jalan Tandok Off, Jalan Maarof,
Bangsar, 59100 Kuala Lumpur

shisha.tokyo

2024年11月1日　初版発行

著者	高橋歩　北里洋平
編集・制作	甲斐博和
デザイン・イラスト	高橋 "ERC" 賢治

発行者　　北里洋平

発行　　　株式会社 NORTH VILLAGE
　　　　　〒150-0042 東京都渋谷区宇田川町 32-7 HULIC & New UDAGAWA 3F
　　　　　TEL 03-5422-3557　www.northvillage.asia

発売　　　サンクチュアリ出版
　　　　　〒113-0023 東京都文京区向丘 2-14-9
　　　　　TEL 03-5834-2507 ／ FAX 03-5834-2508

印刷・製本　株式会社シナノパブリッシングプレス

PRINTED IN JAPAN
©2024 NORTH VILLAGE Co.,LTD.

本書の内容を無断で複写・複製・転載・データ配信することを禁じます。
定価及び ISBN コードはカバーに記載してあります。落丁本・乱丁本は送料発行元負担にてお取り替えいたします。